Lynne Reid Banks

L'Indien du placard

Traduit de l'anglais par
Laurence Challamel

Neuf
l'école des loisirs
11, rue de Sèvres, Paris 6e

Du même auteur à *l'école des loisirs*

Dans la collection *Neuf*
Le retour de l'Indien

© 1989, l'école des loisirs, Paris pour l'édition en langue française
© 1981, Lynne Reid Banks
Titre original : « The Indian in the Cupboard »
(J.M. Dent & Sons, Londres)
Loi n° 49.956 du 16 juillet 1949 sur les publications
destinées à la jeunesse : septembre 1989
Dépôt légal : avril 2006
Imprimé en France par la Société Nouvelle Firmin-Didot
à Mesnil-sur-l'Estrée (79243)

Pour Omri, sinon qui d'autre ?

Sommaire

1. Les cadeaux d'anniversaire 9
2. La porte est fermée 23
3. Trente scalps 43
4. Les merveilles de l'extérieur 61
5. Tommy 67
6. Le chef est mort, vive le chef 75
7. Les indésirables 90
8. Cow-boy ! 108
9. Le match 123
10. La trêve du petit déjeuner 138
11. L'école 147
12. Omri et Patrick se heurtent aux autorités 161
13. Omri se fait traiter de voleur 177
14. La flèche fatidique 197
15. Aventure souterraine 215
16. Les frères 235

1
Les cadeaux d'anniversaire

Ce n'est pas qu'Omri n'aimât pas le cadeau que lui avait offert Patrick pour son anniversaire. Loin de là. Il était vraiment très reconnaissant — enfin presque. C'était vraiment très gentil de sa part, même si ce n'était qu'un vieux Peau-Rouge en plastique dont Patrick n'avait plus envie. Omri en avait un peu assez de ces petites figurines en plastique, et il ne savait plus qu'en faire.

Il en avait tellement qu'il devait pouvoir remplir trois ou quatre boîtes à biscuits, ce qui n'arrivait jamais car, la plupart du temps, elles étaient éparpillées entre la salle de bains, le grenier, la cuisine, la salle à manger, la chambre d'Omri, bien sûr, sans oublier le jardin. Le tas de terreau était plein de soldats. Chaque année, ils étaient ratissés avec les feuilles par la mère d'Omri qui ne prêtait guère attention à ce genre de choses.

Des heures durant, Omri et Patrick avaient joué ensemble avec leurs collections de soldats de plastique. Mais ils en avaient assez, enfin, pour le moment. Cela explique pourquoi Omri fut si déçu lorsque, à l'école, Patrick lui apporta son cadeau d'anniversaire. Il essaya cependant de ne pas le montrer.

– Tu l'aimes vraiment ? demanda Patrick à Omri qui contemplait l'Indien posé dans sa main.

– Oui, il est fantastique, répondit Omri d'une petite voix. D'ailleurs, je n'ai pas d'Indien.

– Je sais.

– Je n'ai pas de cow-boys non plus.

– Moi non plus. C'est pourquoi je n'aurais pas pu jouer avec cet Indien.

Omri s'apprêta à dire : « Je ne pourrai pas moi non plus », mais, comme cela risquait de vexer Patrick, il préféra se taire, empocha l'Indien et n'y pensa plus.

Après l'école, ils prirent le thé en famille. Ses parents et ses deux grands frères lui offrirent des cadeaux. Il reçut ce dont il avait toujours rêvé : un *skateboard* avec des roues à roulements à bille, de la part de papa et maman, et de celle de son frère aîné, Adiel, un casque. Gillon, son autre frère, ne lui avait rien acheté, parce qu'il n'avait pas d'argent (on l'avait privé d'argent de poche, quelque temps auparavant, à la suite d'un accident malencontreux avec la bicyclette de leur père). Aussi Omri fut-il très surpris, quand vint le tour de Gillon, de découvrir un gros paquet devant lui, grossièrement emballé à l'aide de papier kraft et de ficelle.

– Qu'est-ce que c'est?
– Regarde. Je l'ai trouvé dans l'allée.

L'allée était un passage étroit situé au fond du jardin et où on rangeait les poubelles. Les trois garçons y jouaient et parfois découvraient des trésors que des voisins, peut-être plus riches, avaient jetés. Aussi Omri était-il très intrigué en déchirant l'emballage.

A l'intérieur, il y avait un petit placard en métal avec un miroir sur la porte, comme ceux que l'on peut voir accrochés au-dessus du lavabo dans les salles de bains démodées.

On aurait pu s'attendre à ce qu'Omri soit encore déçu, car ce placard était assez simple et, à l'exception d'une planche, il était vide. Mais, non, curieusement, il était ravi. Il aimait les placards de toutes sortes pour le plaisir d'y ranger des choses. En général, il n'était pas très ordonné, mais il aimait mettre des objets dans les placards ou les commodes, et les retrouver plus tard, juste comme il les avait laissés.

– J'espère qu'il ferme, dit-il.

– Tu pourrais me remercier avant de commencer à te plaindre, dit Gillon.

– Il y a une serrure, remarqua leur mère. J'ai des boîtes entières pleines de clés. Vous devriez essayer les plus petites et voir si l'une d'entre elles convient.

La plupart des clés étaient beaucoup trop grandes, mais une demi-douzaine d'entre elles avaient la bonne taille. De toute la collection, une seule sortait de l'ordinaire : elle avait de petites dents et une forme bizarre. Un ruban de soie rouge était accroché à l'anneau. Omri garda cette clé pour la fin.

Comme aucune d'entre elles ne convenait, il se décida à essayer la dernière, celle qui était tordue, et l'introduisit délicatement dans la serrure de la porte, juste au-dessous de la poignée. Il espérait tellement qu'elle tournerait et regretta d'avoir gâché un vœu d'anniversaire avec quelque chose d'aussi bête ou d'aussi improbable que la réussite de sa dictée ; ce qui demanderait d'ailleurs une bonne dose de magie, puisqu'il n'avait même pas regardé les mots qu'on lui avait soumis il y a quatre jours.

Il ferma les yeux et, oubliant la dictée, se mit à espérer de toutes ses forces que cette petite clé tordue ferait du cadeau de Gillon un placard secret.

La clé tourna doucement dans la serrure. Et si la porte ne s'ouvrait pas ?

– Hé ! maman ! J'en ai trouvé une.

– Très bien, mon chéri ! Laquelle est-ce ?

Sa mère s'approcha pour regarder.

– Oh ! celle-ci ! Comme c'est drôle ! C'était la clé du coffret à bijoux que ma grand-mère avait rapporté de Florence. Il était en cuir rouge. A la fin de sa vie, il était en mauvais état, mais elle conserva la clé et me la donna. Elle mourut très pauvre, ma chère grand-mère. Sur son lit de mort, elle pleurait parce qu'elle n'avait rien à me laisser. C'est là que je lui ai dit que je préférais cette petite clé à tous les bijoux de la Terre. Je lui mis ce ruban qui était beaucoup plus long à l'époque et je la portai autour de mon cou. Je lui promis que je la porterais toute ma vie, et qu'ainsi je me souviendrais d'elle. C'est ce que je fis pendant longtemps. Mais le ruban finit par se rompre et je faillis perdre la clé.

– Tu aurais pu l'accrocher à une chaîne, suggéra Omri.

— Tu as raison, dit-elle en le regardant. C'est exactement ce que j'aurais dû faire. Désormais c'est la clé de ton placard. Mais, je t'en prie, Omri, ne la perds pas.

Omri posa la clé du placard sur sa table de nuit, ouvrit celui-ci et l'inspecta d'un air rêveur. Que pourrait-il bien mettre à l'intérieur ?

— C'est censé être un placard à pharmacie, dit Gillon. Tu pourrais y ranger tes gouttes pour le nez.

— Non, ce serait trop dommage. D'ailleurs, je n'ai pas de médicaments.

— Pourquoi n'y mettrais-tu pas cela ? dit sa mère en ouvrant sa main — c'était l'Indien rouge de Patrick. Je l'ai trouvé en mettant ton pantalon dans la machine à laver.

Omri plaça délicatement l'Indien sur la planche.

— Vas-tu fermer la porte ? demanda sa mère.
— Oui.

Il la ferma et embrassa sa mère qui éteignit la lumière. Il se tourna sur le côté, en regardant le placard. Il était très heureux. Juste avant de s'endormir, il ouvrit grands les yeux. Il avait cru percevoir un petit bruit... Mais non. Tout était silencieux. Ses yeux se refermèrent.

Or, le matin, il n'y avait plus aucun doute.

Quelque chose l'avait réveillé. Il resta allongé, parfaitement immobile dans la lumière du petit jour. Il posa son regard sur le placard d'où sortaient toutes sortes de bruits les plus extraordinaires. Crépitement, tapotement, grattement et un bruit qui ressemblait — oui presque — à une petite voix.

Omri était terrifié. Qui ne l'aurait pas été à sa place ? Aucun doute, il y avait quelque chose de vivant dans ce placard. Il tendit la main en sa direction et le poussa très doucement ; la porte était bien fermée. A la première secousse, le bruit s'arrêta.

Intrigué, il resta longtemps allongé sans bouger. Le bruit ne recommença pas. Un long moment s'était écoulé, il tourna la clé et ouvrit le placard. L'Indien avait disparu. Omri se dressa brusquement sur son lit et scruta les coins obscurs du petit meuble. Soudain, il aperçut l'Indien. Il n'était plus sur la planche, mais dans le bas du placard. Il n'était plus debout mais blotti dans le coin le plus obscur, camouflé par le rebord. Et, surtout, il était vivant ; Omri l'avait compris tout de suite. L'Indien se gardait de tout mouvement et s'acharnait à rester aussi immobile qu'Omri avait essayé de l'être juste à l'instant. Mais il respirait bruyamment, ses épaules et sa peau bronzée étaient brillantes de sueur. L'unique plume qui pointait à l'arrière de son bandeau tremblait, comme si l'Indien frissonnait. Quand Omri le regarda de plus près, son souffle atteignit le petit corps couché en chien de fusil. Il se redressa sur ses pieds, sa main minuscule fit un geste brusque et nerveux vers sa ceinture pour empoigner le manche de son couteau, plus petit que la pointe d'une punaise.

L'espace d'une minute, ni Omri, ni l'Indien n'osèrent faire le moindre mouvement. Ils respiraient à peine. Ils se regardaient fixement. Les yeux de l'Indien étaient noirs, farouches et craintifs. Sa lèvre inférieure recouvrait des dents blanches étincelantes, si petites qu'elles étaient à peine visibles, sauf quand elles réfléchissaient la lumière. Il se tenait là, contre la paroi intérieure du placard, pressant son couteau, figé de terreur mais défiant.

La première pensée cohérente qui vint à l'esprit d'Omri fut : « Je dois appeler les autres. » Les autres, c'étaient ses parents et ses frères. Mais quelque chose (il ne savait pas quoi) le retint. Peut-être craignait-il qu'en le quittant un instant des yeux, l'Indien disparaisse ou retrouve sa matière plastique et que, lorsque autres arriveraient, ils rient et accusent Omri d'avoir inventé cette histoire. Car qui pourrait blâmer quelqu'un de ne pas y croire, à moins de le voir de ses propres yeux ?

En fait, ce qui l'empêcha de les appeler, c'est que, s'il ne rêvait pas et que l'Indien était vraiment vivant, c'était certainement la chose la plus merveilleuse qu'ait vécue Omri et il voulait garder cela pour lui tout seul, au moins pour l'instant.

Ensuite, il se dit qu'il devait, d'une manière ou d'une autre, prendre l'Indien dans sa main. S'il ne voulait pas l'effaroucher, il brûlait d'envie de le toucher. Oui, il le fallait absolument. Il avança doucement sa main dans le placard.

L'Indien fit un formidable bond, sa tresse noire vola, ses guêtres furent projetées en avant, son couteau étincela. Il poussa un cri, qui, bien que faible, fut suffisamment perçant pour faire sursauter Omri. Le petit couteau transperça son doigt, une goutte de sang perla.

Omri suça son doigt tout en pensant à quel point il devait paraître gigantesque aux yeux de cet Indien minuscule qui s'était montré assez courageux pour le poignarder. L'Indien était là, ses deux pieds dans des mocassins posés bien à plat sur le fond métallique, sa poitrine se soulevait, il tenait son couteau prêt, ses yeux noirs avaient un air sauvage. Omri le trouvait magnifique.

— Je ne te ferai pas mal, dit Omri. Je veux seulement t'attraper.

L'Indien ouvrit la bouche et un flux de paroles, prononcées d'une toute petite voix, en sortit, mais Omri n'en saisit aucune. La grimace de l'Indien était figée. Il pouvait parler sans fermer les lèvres.

— Tu ne parles pas anglais ? lui demanda Omri.

Tous les Indiens dans les films connaissaient à peu près l'anglais. Ce serait affreux si l'Indien ne le parlait pas. Comment feraient-ils pour communiquer ?

L'Indien abaissa légèrement son couteau.

— Je parle, grogna-t-il.

Omri soupira d'aise.

— Écoute, je ne sais pas comment tu as pu venir à la vie, cela vient probablement de cette armoire, ou peut-être de la clé ? Quoi qu'il en soit, tu es là, et je te trouve terrible. Je ne t'en veux pas de m'avoir poignardé. S'il te plaît, laisse-moi t'attraper. Après tout, tu es mon Indien, dit-il très rapidement.

L'Indien, qui le toisait du regard, abaissa encore un peu la pointe du couteau, sans répondre pour autant.

– Alors ! dis quelque chose, dit Omri qui commençait à s'impatienter.

– Je parle lentement, finit par grogner le petit Indien.

Omri avait compris, et très lentement, il dit :
– Laisse-moi t'attraper...

L'Indien pointa un instant le couteau, plia ses genoux pour s'accroupir.

– Non.

– Oh ! s'il te plaît.

– Tu touches, je tue, rugit-il férocement.

On aurait pu s'attendre à ce qu'Omri rie d'une menace proférée par une créature aussi ridicule, à peine plus grande que son majeur, et armée d'une punaise. Mais Omri ne rit pas. Il ne songeait même pas à rire. Cet Indien — *son Indien* — était aussi vaillant que les vrais Peaux-Rouges, et aussi différents de force et de taille fussent-ils tous les deux, Omri le respectait, et même, aussi étrange que cela puisse paraître, le craignait.

– D'accord, je ne t'attraperai pas. Mais ce n'est pas la peine de te mettre en colère. Je ne te veux aucun mal.

Comme l'Indien paraissait déconcerté, il dit,

dans une langue qu'il supposait être l'anglais des Indiens :

– Moi - pas - toi - faire mal.

– Tu approches, je te fais mal, menaça l'Indien.

Pendant tout ce temps-là, Omri était assis sur son lit. Il se leva délicatement, son cœur battait la chamade. Il ne savait pas pourquoi il s'entourait de tant de précautions. N'était-ce pas tant de crainte d'effrayer l'Indien que parce qu'il avait peur lui-même ? Il espérait que l'un de ses frères entrerait ou mieux encore, son père. Mais personne ne vint. Debout sur ses pieds nus, il saisit le placard par ses coins supérieurs et le tourna, de façon à ce qu'il soit placé face à la fenêtre. Malgré tout le soin avec lequel il s'y employa, l'Indien tressauta, et n'ayant rien à quoi se tenir, tomba. Mais il se redressa aussitôt, le couteau toujours dans la main.

– Désolé, dit Omri.

L'Indien répondit d'un ton hargneux. La conversation s'arrêta quelques minutes. Omri regardait l'Indien dans les premières lueurs du jour.

Il mesurait environ sept centimètres — ses cheveux noirs comme du jais, nattés et plaqués contre son visage par un bandeau de couleur, luisaient dans le soleil, comme les muscles de son minuscule torse nu et la peau rougeâtre de ses bras. Un pantalon en daim, couvert de décorations trop petites pour être vues correctement, recouvrait ses jambes. Sa ceinture était une épaisse corde tressée qui fermait par un nœud. Ce qu'il avait de mieux, c'étaient ses mocassins. Omri les trouvait extraordinaires. Il se demanda où était sa loupe (il s'était souvent posé cette question ces derniers temps) : c'était le seul moyen d'en observer tous les détails. Il affectionnait les broderies ou les perles — il ne savait pas au juste — incrustées dans les chaussures et les vêtements de l'Indien.

Omri se pencha aussi près que possible du visage de l'Indien. Il s'attendait à y voir de la peinture, de la peinture de guerre. Mais il n'en était rien. La plume d'oie qui était plantée sur son bandeau était tombée lors de sa chute. Elle gisait maintenant sur le sol de l'armoire. Elle était aussi longue qu'une épine de bogue de châtaigne, mais c'était une vraie plume.

– Tu as toujours été aussi petit ? demanda Omri.

– Moi pas petit ! Toi grand, cria l'Indien en colère.

– Non, commença par dire Omri, mais il s'arrêta.

Il entendit sa mère. L'Indien, qui avait entendu le bruit, se figea. La porte de la pièce contiguë s'ouvrit. Omri savait que sa mère allait entrer d'un instant à l'autre pour le réveiller. Il se pencha et murmura :

– Ne t'inquiète pas, je reviendrai.

Il ferma à clé la porte de l'armoire et se rallongea.

– Allons, Omri, c'est l'heure de se lever.

Elle se pencha et l'embrassa, sans prêter attention au placard, ressortit, laissant la porte de la chambre grande ouverte.

2
La porte est fermée

En s'habillant, Omri était dans un état fébrile tel qu'il pouvait à peine contrôler ses doigts pour se boutonner et nouer les lacets de ses chaussures. S'il avait été excité la veille, jour de son anniversaire, ce n'était rien en comparaison d'aujourd'hui.

Il mourait d'envie d'ouvrir le placard et d'y jeter un coup d'œil, mais le palier sur lequel donnait sa chambre était un véritable hall de gare à cette heure-ci de la journée — ses parents et ses frères l'empruntaient continuellement — et s'il fermait sa porte, il pouvait être sûr que quelqu'un ferait irruption. D'ailleurs, il lui serait possible de s'éclipser après le petit déjeuner pour y jeter un coup d'œil, quand il serait censé se laver les dents...

Mais il n'y réussit pas. Une dispute idiote éclata au petit déjeuner. Adiel avait en effet pris les derniers Krispies, et même s'il y avait encore des *corn flakes* et des Weetabix, les deux frères se jetèrent sur lui et firent une telle histoire que leur mère se mit en colère, et, finalement personne n'eut le temps de se laver les dents.

Ils partirent à la dernière minute. Omri en oublia ses affaires de bain, alors qu'on était mardi, le jour où sa classe allait à la piscine. C'était un excellent nageur et il était tellement furieux quand il s'en aperçut (à mi-chemin, trop tard pour faire demi-tour) qu'il s'en prit à Adiel.

– Tu m'as fait oublier mes affaires de piscine ! vociféra-t-il en lui donnant un coup de poing.

Naturellement, ils arrivèrent en retard à l'école avec, de plus, une propreté douteuse.

Au milieu de tous ces événements, Omri avait oublié l'Indien. Mais dès qu'il aperçut Patrick il s'en souvint. A aucun moment, il ne put s'empêcher d'y penser. Vous pouvez peut-être vous imaginer à quel point Omri était tenté de dire à Patrick ce qui était arrivé. Plusieurs fois, Omri fut sur le point de le faire et ne put éviter de lui donner quelques indices irrésistibles.

– Ton cadeau est le meilleur de ceux que j'aie reçus.

Patrick parut surpris.

– Je croyais que tu avais reçu un *skateboard*.
– O-Oui... Mais je préfère ton cadeau.
– C'est mieux qu'un *skateboard* ? Tu rigoles ?
– Le tien est finalement beaucoup plus intéressant.

Patrick le toisa du regard.
– Tu te moques de moi ?
– Non.

Plus tard, après la dictée, où Omri eut trois sur dix, Patrick dit en plaisantant :
– Je parie que l'Indien en plastique aurait fait mieux.

Sans réfléchir, Omri rétorqua :
– Je ne pense pas qu'il sache écrire en anglais, il le parle à peine.

Il s'arrêta aussitôt. Patrick le regardait, interloqué.
– Comment ?
– Rien.
– Qu'est-ce que tu as dit ?

Omri lutta contre la tentation. Il voulait garder son secret. Patrick ne le croirait pas. Pourtant, il mourait d'envie de le lui dire.
– Il parle, dit-il doucement.
– Mon œil, dit Patrick.

Au lieu d'insister, Omri se tut, ce qui incita Patrick à poursuivre.

– Comment peux-tu dire qu'il parle ?
– Parce que c'est vrai.
– Mon œil.

Omri refusa d'engager une dispute. Il était un peu inquiet, en parlant de l'Indien. Quelque chose risquait d'arriver.

A la fin de la journée, il n'attendait qu'une chose, c'était de rentrer à la maison. Il était certain, non que cet événement incroyable n'avait jamais eu lieu, mais que quelque chose allait se produire. Il n'avait cessé de rêver à toutes les aventures qu'il allait pouvoir vivre avec son petit Indien. Ce serait trop affreux si tout ceci s'avérait une méprise.

Après l'école, Patrick eut envie de rester pour faire du *skateboard* dans le préau. Depuis des semaines, Omri en rêvait. Mais sans *skateboard* c'était impossible. Aussi Patrick fut-il très surpris d'entendre la réponse d'Omri.

– Je ne peux pas. Il faut que je rentre. De toute façon, je ne l'ai pas apporté.
– Mais pourquoi ? Tu es fou ! Et pourquoi faut-il que tu rentres ?
– Je vais jouer avec l'Indien.

Visiblement Patrick ne le croyait pas.

– Je peux venir ?

Omri hésita. Non. Il fallait qu'il fasse la

connaissance de l'Indien avant de penser à lui présenter quelqu'un d'autre, même s'il s'agissait de Patrick.

De plus, une pensée terrible s'était emparée d'Omri pendant la dernière heure de cours, à tel point qu'il lui avait été difficile de rester tranquillement assis. Si l'Indien n'était pas en plastique, mais bien vivant, comme Pinocchio l'était, eh bien, il avait besoin de nourriture et d'autres choses encore. Or, Omri l'avait enfermé dans l'obscurité toute la journée, sans rien. Et s'il n'y avait pas suffisamment d'air dans ce placard ? La porte était hermétique... De combien d'oxygène avait besoin une telle créature ? Que se passerait-il s'il venait à mourir, si Omri l'avait tué ?

Dans le meilleur des cas, l'Indien avait dû passer une journée détestable, enfermé dans cette prison sombre. Omri était consterné. Pourquoi s'était-il disputé au petit déjeuner au lieu de s'esquiver et de s'assurer que l'Indien allait bien ? Omri était très inquiet à l'idée qu'il puisse être mort. Il revint à la maison en courant, entra par la porte de derrière et grimpa quatre à quatre l'escalier sans prendre le temps de dire bonjour à sa mère.

Il ferma la porte de sa chambre et s'agenouilla au pied de sa table de nuit. D'une main tremblante il tourna la clé dans la serrure et ouvrit la porte du placard.

L'Indien gisait sur le sol, trop rigide pour être un cadavre. Omri le ramassa. L'Indien était redevenu plastique. Omri resta agenouillé, horrifié, trop atterré pour pouvoir bouger. Il avait tué son Indien, ou lui avait fait quelque chose de terrible.

Il avait ainsi mis fin à son rêve — à tous les jeux, à tous les secrets qui avaient nourri son imagination pendant la journée. Mais ce n'était pas ce qu'il y avait de plus terrible. Son Indien avait été vivant, pas un simple jouet, mais une personne. Et maintenant, il gisait dans la main d'Omri — froid, rigide, sans vie — et c'était sa faute. Comment cela avait-il pu se produire?

L'idée que l'incroyable épisode de ce matin n'avait été que le fruit de son imagination ne lui vint pas à l'esprit. L'Indien était dans une position complètement différente. Quand Patrick le lui avait donné, il se tenait sur une seule jambe, comme s'il s'adonnait à une danse guerrière ; les genoux pliés, un pied levé, les deux coudes pliés, un poing (avec le couteau) en l'air. A présent il était allongé à plat, les jambes écartées, les bras le long du corps. Ses yeux étaient fermés. Le couteau était abandonné, tout seul, au fond de l'armoire.

Pour le ramasser, Omri utilisa la méthode la plus astucieuse : il mouilla son doigt et le pressa sur le couteau.

Celui-ci adhéra aussitôt. Comme le reste, il était en plastique et ne pouvait transpercer ni peau humaine ni papier. Or, il avait bien transpercé le doigt d'Omri ce matin. Il en avait encore la marque. Mais ce matin, il s'agissait d'un vrai couteau.

Omri caressa l'Indien avec son doigt. Il sentait une boule au fond de sa gorge. La tristesse, la déception et un étrange sentiment de culpabilité le rongeaient, brûlaient en lui, comme s'il avait avalé une pomme de terre ardente qui n'en finissait pas de refroidir. Il sentit les larmes jaillir et resta agenouillé quelques minutes, en pleurant. Il remit l'Indien dans le placard, ferma la porte, car il ne pouvait supporter sa vue.

Ce soir-là, il fut incapable d'avaler quoi que ce soit au dîner et de prononcer la moindre parole. Son père lui posa la main sur le front, et constata qu'il était brûlant. Sa mère le mit au lit et, curieusement, il n'éleva aucune objection. Il ne savait pas s'il était vraiment malade, mais il se sentait si mal qu'il était heureux qu'on soit aux petits soins pour lui. Si cela ne changeait rien à la situation, cela le réconfortait.

— Qu'y a-t-il, Omri ? dis-moi ! dit sa mère en le cajolant.

Elle lui caressa les cheveux et le regarda tendrement d'un air interrogateur ; il était sur le point de tout lui raconter, mais soudain, il détourna la tête.

Elle soupira, l'embrassa, et quitta la pièce, fermant doucement la porte derrière elle.

A peine était-elle sortie qu'il entendit quelque chose en provenance du placard. Un grattement, une rumeur sourde. Il n'y avait pas de doute, c'était un son vivant. Omri alluma la lampe de chevet, et, les yeux écarquillés, se regarda dans le miroir de l'armoire. Il regarda la clé avec son anneau tordu. Les bruits étaient parfaitement perceptibles.

D'une main tremblante, il tourna la clé : l'Indien était là, sur la planche, exactement à la même hauteur que le visage d'Omri. Il avait repris vie.

Ils se regardèrent fixement. Puis Omri demanda d'une voix chevrotante :

— Que t'est-il arrivé ?
— Arrivé moi ? Bon sommeil. Sol froid. Besoin couverture. Nourriture. Feu.

Omri resta bouche bée. Était-ce le petit homme qui lui donnait des ordres? Il n'y avait aucun doute là-dessus. En effet, il brandissait nettement son couteau.

Omri était si heureux qu'il pouvait à peine parler.

– Entendu, tu restes ici. Je vais chercher de la nourriture. Ne t'inquiète pas.

Il fut pris de hoquet en dégringolant de son lit.

Il descendit à la hâte, excité, mais pensif. Qu'est-ce que cela signifiait? C'était troublant. Mais il ne s'inquiéta pas outre mesure. Son principal souci était de descendre sans éveiller l'attention de ses parents, d'atteindre la cuisine, de dénicher de la nourriture capable de plaire à l'Indien, et de la lui rapporter, sans susciter la moindre question.

Par chance, ses parents regardaient la télévision dans le salon, et, dans l'obscurité, il parvint à se diriger vers la cuisine sur la pointe des pieds.

Arrivé à destination, il n'osa pas allumer; d'ailleurs, la lumière du réfrigérateur suffisait.

Il inspecta le contenu du réfrigérateur. Que mangeaient les Indiens? Probablement de la viande, de la viande de buffle, des lapins, toutes les espèces animales qu'ils pouvaient tuer dans la prairie. Inutile de préciser qu'il n'y avait rien de semblable. En revanche, il y avait des biscuits, de la confiture, du beurre de cacahuètes, mais Omri était intuitivement persuadé que cela ne convenait pas aux Indiens. Il aperçut soudain une boîte de maïs ouverte. Il attrapa une assiette en papier dans le tiroir où l'on rangeait les affaires de pique-nique et prit une bonne cuillère à café de maïs. Il coupa ensuite un petit croûton de pain, pensa au fromage. Et comme boisson ? Du lait ? Les guerriers peaux-rouges n'en buvaient certainement pas. Dans les films, ils buvaient en général une boisson qu'on appelait « eau de feu », c'était sans doute une boisson chaude, mais Omri n'osa pas faire chauffer quelque chose. Il devra se contenter d'eau ordinaire, à moins que... du Coca-Cola ? C'était une boisson américaine. Par chance, il en restait un peu dans une grande bouteille qu'on avait ouverte pour son anniversaire. Il aurait aimé trouver un bout de viande froide, mais il n'y en avait pas.

Tenant la bouteille de Coca d'une main et l'assiette en carton de l'autre, Omri grimpa l'escalier quatre à quatre ; son cœur battait très fort.

Tout était exactement comme il l'avait laissé, si ce n'est que l'Indien était assis au bord de la planche, les jambes ballantes. Il essayait d'aiguiser son couteau sur le métal. Il bondit sur ses pieds dès qu'il aperçut Omri.

– Nourriture ? demanda-t-il avec avidité.

– Oui, mais je ne sais pas si tu vas aimer.

– J'aime, donne vite !

Mais Omri voulait arranger le tout. Il prit une paire de ciseaux et coupa un petit cercle dans l'assiette en papier. Il y déposa des miettes de pain, de fromage et un grain de maïs, puis le tendit à l'Indien, qui recula, regarda la nourriture avec des yeux d'affamé, tout en surveillant Omri.

– Pas toucher ! Toi toucher, moi prendre couteau, menaça-t-il.

– Entendu, c'est promis. Maintenant tu peux manger.

L'Indien s'assit prudemment sur le bord de la planche, les jambes croisées. Il essaya de manger de la main gauche, en gardant son couteau dans la droite, prêt à s'en servir, mais il avait tellement faim qu'il abandonna son idée et plaça le couteau tout près de lui. Il saisit le pain dans une main et le bout de fromage dans l'autre, puis se mit à manger goulûment.

Ayant calmé un peu sa faim, il prêta attention à l'unique grain de maïs.

– Quoi ? demanda-t-il, suspicieux.

– Maïs, comme ceux que tu as. Omri hésita. Là d'où tu viens.

C'était une affirmation hasardeuse. Il ne savait pas si l'Indien « venait » de quelque part, mais il avait l'intention de l'apprendre. L'Indien grommela et fit rouler le grain de maïs dans ses deux mains, il était aussi grand que la moitié de sa tête. Il le huma et son visage s'épanouit en un large sourire. Il le grignota et se remit à sourire. Puis il le repoussa, le regarda ; son sourire s'évanouit.

– Trop gros, dit-il. Comme toi, ajouta-t-il d'un air accusateur.

– Mange-le, c'est la même chose.

L'Indien en prit un peu. Il semblait toujours aussi suspicieux, mais il mangea et mangea encore. Il ne put terminer. De toute évidence, il s'était régalé.

– Donne viande, dit-il enfin.

– Je suis désolé, je n'ai pas réussi à en dénicher ce soir, mais j'en aurai demain, s'excusa Omri.

Après un nouveau grommellement, l'Indien dit :

– Boire.

Omri avait attendu cela. Dans la boîte où il rangeait ses *supermen*, il trouva une tasse en plastique. Elle était beaucoup trop grande pour l'Indien, mais c'était ce qu'il avait trouvé de mieux. Avec une précaution extrême, il y versa une quantité infime de Coca.

Il la tendit à l'Indien, qui, même en s'y prenant à deux mains, faillit la renverser. Il huma et demanda d'un ton sec :

– Quoi ?

– Coca-Cola, répondit Omri avec enthousiasme en s'en versant un peu dans un verre à dents.

– Eau de feu ?

– Non, c'est froid, mais tu vas aimer.

L'Indien sirota, puis but le verre d'un trait, sourit de nouveau.

– Bon ? demanda Omri.

– Bon, dit l'Indien.

– Santé, dit-il en levant son verre à dents comme il avait vu ses parents le faire quand ils prenaient un verre ensemble.

– Quoi, santé ?

– Je ne sais pas, dit Omri, qui, avec une joie extrême, but.

Son Indien mangeait et buvait. C'était un

vrai, une personne en chair et en os ! C'était merveilleux. Omri était radieux.

– Tu te sens mieux maintenant ? demanda-t-il.

– Moi, mieux. Toi pas mieux, dit l'Indien. Toi encore grand. Tu arrêtes manger. Tu auras bonne taille.

Omri rit bruyamment, mais s'arrêta brusquement.

– C'est l'heure de dormir, dit-il.

– Pas maintenant. Grande lumière. Dormir quand la lumière s'en va.

– Je peux faire partir la lumière, dit Omri qui éteignit sa lampe de chevet.

Dans l'obscurité s'éleva un cri d'effroi. Omri ralluma la lumière. L'Indien le regardait maintenant avec respect ou, plus exactement, avec une crainte émerveillée.

– Toi esprit ? chuchota-t-il.

– Non, dit Omri, ce n'est pas le soleil, c'est une lampe. Vous n'avez pas de lampes ?

L'Indien risqua un coup d'œil dans la direction où Omri pointait son doigt.

– Ça, lampe ? demanda-t-il incrédule. Très grande lampe, besoin beaucoup d'huile.

– Mais ce n'est pas une lampe à huile. Cela fonctionne à l'électricité.

– Magique ?

– Non, électrique. Mais, en parlant de magie, comment es-tu arrivé ici ?

Les yeux de l'Indien se posèrent sur Omri.

– Toi, pas savoir ?

– Non, je ne sais pas. Tu étais une figurine. Je t'ai mis dans le placard, et j'ai fermé la porte. Quand je l'ai rouverte, tu étais vivant. Ensuite, je l'ai refermée et tu t'es retrouvé sous forme de plastique. Ensuite...

Il s'arrêta brusquement.

– Attends ! Si, pensa-t-il, dans ce cas... Écoute, dit-il tout excité. Je veux que tu sortes d'ici. Je vais te trouver un endroit bien plus confortable. Tu disais que tu avais froid. Je vais te confectionner un vrai *tepee**.

– *Tepee* ? s'écria l'Indien. Moi, pas vivre *tepee* ! Je vis dans des maisons iroquoises.

Mais Omri, qui brûlait d'impatience à l'idée de vérifier son hypothèse, dit brusquement :

– Tu devrais dormir dans un *tepee* ce soir.

D'un tiroir qu'il ouvrit à la hâte il sortit une boîte à biscuits pleine de figurines en plastique. Il devait bien y avoir un *tepee*...

– Ah ! le voilà.

Il s'empara d'un petit objet rosâtre, de forme

---

* Tente (des Amérindiens).

conique, dont les côtés étaient grossièrement décorés.

– Ça te convient?

Il le posa sur la planche près de l'Indien qui le regardait d'un air extrêmement méprisant.

– Ça, *tepee*? s'écria-t-il.

Il palpa les côtés en plastique et prit une mine dégoûtée. En le poussant avec ses mains, il le fit glisser sur la planche. Il se pencha et plongea le regard dans l'ouverture triangulaire. Il cracha sur le sol, ou plus précisément sur la planche.

– Oh! dit Omri, qui avait l'air bien déconfit, tu veux dire que ce n'est pas assez bien.

– Pas vouloir jouet, dit l'Indien, péremptoire.

Il tourna son dos, croisa ses bras sur sa poitrine, sa décision était irrévocable.

Quelle aubaine pour Omri! D'un mouvement vif, il saisit l'Indien par la taille entre le pouce et l'index. Il en profita pour mettre le couteau de côté. Retors, l'Indien se contorsionna, donna des coups de pied et fit des grimaces féroces et hideuses. Pourtant il se rendit à l'évidence : il était réduit à l'impuissance. Aussi décida-t-il qu'il était plus digne de cesser toute résistance. Il croisa de nouveau ses petits bras sur sa poitrine, releva la tête et toisa fièrement Omri.

Tenir cette petite créature entre ses doigts procurait à Omri un sentiment d'émerveillement. Si Omri avait eu le moindre doute quant à l'existence de son Indien, la sensation qu'il éprouvait à l'instant l'aurait dissipé. Son corps était plus lourd, plus chaud, ferme et plein de vie. Contre son pouce, Omri pouvait sentir les battements rapides de son cœur, comme ceux d'un oiseau effarouché. Bien que l'Indien se sentît fort, Omri pouvait pressentir à quel point il était fragile. Une légère pression aurait pu lui faire mal. Il aurait aimé sentir toutes les parties de son corps, ses petits bras et ses jambes, ses cheveux, ses oreilles, à peine visibles, en raison de leur taille minuscule. Mais quand il vit l'Indien qui le défiait avec audace en faisant mine de ne pas avoir peur, il abandonna tout désir de le malmener. Il se trouvait cruel et peu respectueux à l'égard de l'Indien, qui n'était plus son jouet mais une personne qu'il devait traiter avec déférence.

Omri le posa doucement sur la commode où se trouvait le placard. Ensuite, il s'agenouilla de façon que son visage soit à la hauteur du sien.

– Excuse-moi, dit-il.

L'Indien respirait bruyamment, les bras toujours croisés, il se taisait, tout en le fixant avec arrogance, comme si rien ne pouvait l'affecter, d'aucune manière.

– Comment t'appelles-tu ? demanda Omri.

– Petit Taureau, dit l'Indien fièrement. Guerrier iroquois. Fils de chef. Toi fils de chef ?

Impétueux, il bravait Omri.

– Non, dit Omri humblement.

– Hum ! grogna-t-il en prenant un air supérieur. Nom ?

Omri lui répondit.

– Maintenant il faut trouver un autre endroit pour dormir, à l'extérieur du placard. Je suis sûr que tu dors parfois dans un *tepee*.

– Jamais, dit Petit Taureau avec véhémence.

– Je n'ai jamais entendu parler d'un Indien qui n'y dormait pas, dit Omri avec conviction. De toute façon, tu y dormiras ce soir.

– Pas ça, dit l'Indien. C'est pas bon. Et feu ? Je veux feu.

– Je ne peux pas allumer un vrai feu ici. Mais je vais te confectionner un *tepee*. Il ne sera pas très bien, mais je te promets que celui de demain sera mieux.

Il jeta un coup d'œil derrière lui, c'était une bonne chose qu'il ne jetât rien. Tout ce dont il avait besoin était maintenant éparpillé sur le sol, sur la table et les planches. A l'aide de « pics » à apéritif et d'un peu de ficelle, il confectionna un cône, fermé sur le dessus. Il tendit un mouchoir en papier et, comme cela n'avait pas l'air très solide, il rajouta un bout de feutre emprunté à un chapeau qu'il trouva dans la caisse à déguisements. Par bonheur, sa couleur fauve lui conférait l'aspect d'une cache animale. En fait, quand il eut fixé le tout à l'aide d'épingles de nourrice et coupé le devant pour laisser entrer l'Indien, l'ensemble avait belle allure. Les pics se dressaient par le trou percé en haut de l'édifice.

Omri le posa délicatement sur la commode et attendit anxieusement le verdict de Petit Taureau. L'Indien en fit quatre fois le tour, doucement, rampa sur ses mains et ses genoux pour se glisser sous le rabat, puis tira sur la peau, se recula pour regarder les perches, constituées par les pics. Il avait l'air satisfait, mais ne put s'empêcher d'émettre une critique.

– Pas peintures, grogna-t-il. Si *tepee*, alors besoin peintures.

– Je ne sais pas comment les faire, dit Omri.

– Je sais, toi donne couleurs. Je fais.

– Demain, répondit Omri, qui malgré son désir de rester éveillé, tombait de sommeil.

– Couverture ?

Omri attrapa l'un des sacs de couchage de ses mannequins.

– Pas bon. Ne protège pas vent.

Omri s'apprêta à objecter qu'il n'y avait pas de vent dans sa chambre, mais décida qu'il était plus facile de couper un carré dans un de ses vieux chandails. Celui-ci était rouge avec une rayure dans le bas. Quand Omri le lui tendit, Petit Taureau ne put cacher son contentement et s'emmitoufla avec.

– Bon. Chaud. Je dors maintenant.

Il s'agenouilla et rampa à l'intérieur.

– Demain parler. Tu donnes Petit Taureau viande, feu, peinture. Beaucoup de choses.

Il regarda Omri d'un air maussade.

– Bon ?

– Bon, dit Omri.

En fait, jamais rien dans sa vie ne lui avait semblé aussi prometteur.

3
Trente scalps

Quelques minutes plus tard, de bruyants ronflements — en fait pas de vrais ronflements, mais des ronflements d'Indien — s'élevaient du *tepee*. Mais Omri, bien qu'épuisé, ne parvenait pas à s'endormir. Il brûlait d'envie de tenter une expérience.

Tout ce qu'il savait, c'était que le placard, ou la clé, ou même peut-être les deux ensemble, avaient le pouvoir de donner et de reprendre la vie aux objets en plastique. De nombreuses questions, auxquelles il voulait absolument répondre, le harcelaient. Cela fonctionnait-il seulement avec le plastique? Les figurines en bois ou en métal devenaient-elles vivantes une fois enfermées dans ce placard? Combien de temps fallait-il les y laisser pour que l'effet magique opère? Toute la nuit? Ou était-ce instantané? Et les objets? Les vêtements de l'Indien, sa plume, son couteau, tout cela était devenu réel. Était-ce dû au fait qu'ils faisaient corps avec la figurine originale ? S'il mettait n'importe quoi — par exemple le *tepee* en plastique, celui qui n'avait suscité aucun intérêt — et fermait la porte, celui-ci deviendrait-il réel le matin ?

Il décida de soumettre le placard à deux épreuves. Il posa la tente en plastique de l'Indien sur la planche intérieure, mit à côté une petite voiture, mais ne ferma pas la porte à clé ; puis il compta lentement jusqu'à dix.

Il ouvrit la porte.

Rien ne s'était passé.

Il referma la porte et cette fois-ci la verrouilla avec la clé magique de son arrière-grand-mère. Il décida de lui laisser un peu plus de temps et, en attendant, il s'allongea sur son lit. Il commença à compter doucement jusqu'à dix. Mais avant d'atteindre le chiffre cinq, il s'était déjà endormi. Il fut réveillé par Petit Taureau qui hurlait à tue-tête.

L'Indien était debout à l'extérieur du *tepee* au coin de la table, ses mains en forme de cône, comme s'il criait dans un canyon infiniment profond. Dès que les yeux d'Omri s'ouvrirent, l'Indien s'écria :

– Jour venir ! Pourquoi toi dormir encore ?

Temps manger – chasser – battre – faire peinture.

Omri se leva d'un bond. Il cria :

– Attends ! et força presque la porte du placard.

Sur la planche se dressait un petit *tepee* en vrai cuir. Les mâts étaient des brindilles, attachées ensemble avec une corde en cuir. Les dessins, de vrais symboles d'Indiens, avaient été réalisés avec de la teinture brillante. La voiture était encore un jouet, pas plus réelle qu'elle ne l'avait jamais été.

– Ça marche ! s'exclama Omri. (Puis il retint sa respiration.) Petit Taureau, cria-t-il, ça marche, ça marche ! Je peux donner la vie à n'importe quelle figurine en plastique. C'est vraiment magique, tu comprends ? Magique !

Imperturbable, l'Indien se tenait là, les bras croisés. Naturellement, il désapprouvait cette manifestation intempestive.

– Et alors ? Les esprits sont beaucoup plus magiques. Inutile de réveiller les morts avec des hurlements de coyote.

Omri se ressaisit rapidement. Peu importaient les morts, c'était surtout ses parents qu'il ne fallait pas réveiller. Il ramassa le nouveau *tepee* et le posa à côté de celui qu'il avait fabriqué la veille.

– Voilà le beau *tepee* que je t'ai promis, dit-il.

Petit Taureau l'inspecta attentivement.

– Pas bon, dit-il enfin.

– Comment ? Et pourquoi ça ?

– Bon *tepee*, mais pas bon pour guerrier iroquois. Compris ?

Il désigna les symboles peints.

– Pas signes iroquois. Algonquins : ennemis ! Si Petit Taureau dort ici, esprits iroquois colère.

– Ah bon ! dit Omri déçu.

– Petit Taureau aime Omri *tepee*. Besoin peinture. Faire images fortes — signes iroquois. Plaire esprits des ancêtres.

A la déception d'Omri se mêla une immense fierté. Il avait confectionné un *tepee* qui satisfaisait son Indien !

– Il n'est pas fini, ajouta-t-il. Je vais l'emporter à l'école et le finir au cours de travaux manuels. J'enlèverai les perches et je le coudrai convenablement. De retour à la maison, je te donnerai de la peinture à l'eau pour que tu puisses y peindre des symboles.

– Je peins, mais dois avoir maison iroquoise. *Tepee* pas bon pour Iroquois.

– Juste pour un moment ?

– Oui, dit Petit Taureau en fronçant les sourcils. Mais pas longtemps ! Maintenant manger.

— Oui. Que voudrais-tu manger ce matin ?
— Viande, répondit immédiatement l'Indien.
— N'aimerais-tu pas du pain et du fromage ?
— Viande.
— Ou du maïs, ou des œufs ?

L'Indien croisa ses deux bras contre sa poitrine. Il n'était prêt à aucun compromis.

— Viande, dit Omri en soupirant. Oui, d'accord, je vais voir ce que je peux faire. En attendant, il est préférable que je te pose par terre.

— Pas par terre maintenant ?

— Non. Tu es bien plus haut que le sol. Mets-toi dans le coin et regarde. Mais fais attention à ne pas tomber.

L'Indien ne prit aucun risque. Allongé sur son ventre, il rampa à la manière des commandos jusqu'au coin de la commode et regarda par-dessus bord.

— Haute montagne, fit-il enfin, en guise de commentaire.

— Mais... (C'était trop difficile à expliquer.) Je peux te poser par terre.

Petit Taureau se redressa et toisa Omri du regard.

— Pas tenir serré, implora-t-il.

— Non, je ne vais pas te tenir du tout. Tu pourras monter sur ma main.

Il ouvrit la paume de sa main près de Petit Taureau qui, après un moment d'hésitation seulement, sauta, et, pour plus de stabilité, s'assit, les jambes croisées. Omri l'amena doucement vers le sol. Avec légèreté, l'Indien se remit sur ses pieds et sauta sur la moquette grise.

Aussitôt il lança des regard suspicieux. Il s'agenouilla, toucha la moquette et la huma.

— Pas sol, dit-il, couverture.
— Petit Taureau, regarde en haut.
Il obéit, plissant ses yeux et scruta le plafond.
— Vois-tu le ciel? ou le soleil?
L'Indien fit non de la tête, déconcerté.
— C'est parce que nous ne sommes pas dehors. Nous sommes dans une chambre, une maison. Une maison suffisamment grande pour des gens de ma taille. Tu n'es plus en Amérique. Tu es en Angleterre.

Le visage de l'Indien s'éclaira.

— Anglais bon, Iroquois battu avec Anglais contre Français.

— Vraiment? demanda Omri, qui aurait voulu avoir lu davantage. Tu t'es battu?

— Battu? Petit Taureau s'est battu comme un lion des montagnes! Pris beaucoup de scalps.

— Scalps? (Omri déglutit.) Combien?

Petit Taureau brandit fièrement ses dix

doigts. Ensuite il ferma ses poings, les rouvrit pour indiquer une autre dizaine, puis une autre.

– Je refuse de croire que tu as tué autant de gens, s'écria Omri choqué.

– Petit Taureau pas mentir. Grand chasseur. Grand combattant. Comment être fils de grand chef, sans nombreux scalps ?

Omri s'aventura à demander :

– Aucun Blanc ?

– Quelques-uns. Français. Pas prendre scalps anglais. Anglais amis d'Iroquois. Aider Indien battre ennemis Algonquins.

Omri le regarda fixement. Il fut pris d'une soudaine envie de s'enfuir.

– Je sors et vais te chercher de la viande, dit-il outré.

Il sortit de sa chambre, ferma la porte derrière lui. Pendant quelques instants, il resta immobile, adossé contre la porte. Il transpirait légèrement. Il ne s'attendait pas à avoir à faire à si forte partie.

Non seulement son Indien n'était plus une figurine en plastique — c'était une vraie personne vivante, apparue magiquement il y a deux cents ans —, mais en plus, c'était un sauvage. Omri réalisa soudain pour la première fois que l'image qu'il se faisait des Indiens était erronée.

Il ne les avait d'ailleurs jamais vus que dans les *westerns*; et ces Indiens-là n'étaient que des acteurs. Après avoir enlevé leurs peintures guerrières, ils rentraient chez eux pour dîner, non pas dans des *tepees*, mais dans des maisons comme la sienne. Des hommes civilisés, qui jouaient à être primitifs, cruels...

Petit Taureau n'était pas un acteur. Omri eut de la peine à avaler. Trente scalps... Pfui! Bien sûr, les choses étaient différentes à l'époque. Ces tribus étaient toujours en guerre les unes contre les autres et, de plus, il y avait les Anglais et les Français qui, quelle que soit la raison pour laquelle ils étaient en Amérique et se battaient, ne valaient probablement pas mieux, s'entretuant comme des fous aussi souvent qu'ils en avaient l'occasion.

Et puis, les soldats d'aujourd'hui ne font-ils pas la même chose? N'y avait-il pas des guerres, des batailles et du terrorisme à travers le monde? On ne peut plus allumer la télévision sans voir des morts ou assister à des tueries. Après tout, trente scalps, même en y incluant quelques Français, il y a des centaines d'années, était-ce si terrible? Tout de même, quand il s'imaginait Petit Taureau, avec sa taille réelle, couché sur un soldat français, tenant sa tête dans une main et dans l'autre le couteau qui servirait à découper son scalp, ouh !

Omri se redressa et descendit en chancelant l'escalier. Rien d'étonnant à ce qu'au début il ait craint l'Indien. Il se demanda en déglutissant à plusieurs reprises s'il n'était pas préférable de remettre Petit Taureau dans le placard, de verrouiller la porte et de lui redonner sa forme plastique avec son couteau et tout son attirail. En bas, dans la cuisine, il fouilla dans l'armoire à provisions de sa mère à la recherche d'une boîte de viande. Il finit par dénicher du *corned beef* et ouvrit la boîte.

Il plongea une petite cuiller qu'il mit distraitement dans sa bouche.

L'Indien ne s'était guère montré surpris de se retrouver dans une maison géante en Angleterre. Il semblait très superstitieux. Il croyait à la magie des bons et des mauvais esprits. Peut-être voyait-il en Omri une sorte de génie. Le plus étonnant, c'est qu'il le redoutait plus que les génies, les géants ou les grands esprits qui étaient censés être tout-puissants et souvent injustes. Omri partait du principe que le fils d'un chef ne devait avoir peur de rien, ou tout du moins qu'il devait être beaucoup plus courageux que les gens ordinaires. Surtout s'il avait scalpé trente personnes. Peut-être qu'Omri devrait parler de Petit Taureau à quelqu'un.

Ce qui l'ennuyait, c'était que les adultes savaient généralement ce qu'il fallait faire, mais que c'était rarement ce dont les enfants avaient envie. Que se passerait-il s'il emmenait l'Indien à un scientifique, ou à quelqu'un qui connaisse ce genre de choses étranges et que ce savant l'examine et le garde dans un laboratoire ?

On lui prendrait certainement son placard et Omri se retrouverait tout seul.

Son esprit foisonnait d'idées : il pourrait mettre des petits jouets en plastique et des flèches, et des chevaux, et même d'autres personnes en miniature — enfin peut-être pas, c'était trop risqué, qui sait ce que cela pourrait donner ? Ils pourraient se battre entre eux. Une chose était certaine : il ne voulait pas dévoiler son secret, pas encore, quel que soit le nombre de Français qui avaient été scalpés.

Sa décision prise, enfin, pour le moment, il remonta. A mi-chemin, il s'aperçut que la boîte de viande était pratiquememnt vide. Il restait encore un bon morceau. Cela devait suffire.

Petit Taureau avait disparu, mais quand Omri l'appela doucement, il surgit de sous le lit et tendit ses deux bras vers Omri.

— Apporter viande ?
— Oui.

Omri posa le morceau sur l'assiette miniature qu'il avait confectionnée la veille et la plaça devant l'Indien, qui saisit la viande à deux mains et commença à la ronger.

— Très bon ! Doux ! Ta femme cuit ça ?

Omri rit.

— Je n'ai pas de femme.

L'Indien s'interrompit et le regarda.

— Omri pas avoir femme ? Qui fait pousser le maïs, fait les corvées, la cuisine, les vêtements, aiguise les flèches ?

— Ma mère, dit Omri, souriant à l'idée que sa mère puisse aiguiser des flèches. Alors, toi, tu as une femme ?

L'Indien détourna son regard, puis dit :

— Non.

— Et pourquoi ?

— Morte, répondit Petit Taureau brièvement.

— Oh !

L'Indien finit de manger en silence et se redressa, essuyant ses mains grasses sur ses cheveux.

— Maintenant, fais magique. Fais chose pour Petit Taureau.

— Qu'est-ce que tu veux ?

– Pistolet, répondit-il promptement. Pistolet d'homme blanc, comme soldat anglais.

Omri fut pris de panique. Si un couteau minuscule pouvait transpercer, un pistolet miniature pourrait tirer. Même s'il ne pouvait pas faire grand mal, tout de même, on ne sait jamais.

– Non, pas de pistolet. Mais je peux te faire un arc et des flèches. Il faudra que j'en achète, en plastique. Et quoi d'autre ? Un cheval ?

– Cheval ?

Petit Taureau parut surpris.

– Tu ne montes pas à cheval ? Je croyais que tous les Indiens faisaient du cheval.

– Anglais montent à cheval. Indiens marchent.

– Mais tu n'aimerais pas avoir un cheval, comme les soldats anglais ?

Petit Taureau se tenait toujours immobile, sourcils froncés, il réfléchissait. Il finit par avouer :

– Peut-être oui. Peut-être. Montre cheval. Ensuite je vois.

– D'accord.

A nouveau, Omri fouilla dans la boîte à biscuits. Il y avait quelques chevaux, là. De grands chevaux, capables de supporter des cavaliers cuirassés. De plus petits pour tirer des affûts pendant les guerres napoléoniennes. Plusieurs chevaux de cavalerie — ce devaient être les meilleurs. Il en aligna cinq ou six de différentes tailles et couleurs. Les yeux de Petit Taureau pétillèrent.

— Je prends, dit-il promptement.
— Tu veux dire tous ?

Petit Taureau opina, comme s'il était en colère.

— Non, c'est trop. Je ne veux pas avoir des hordes de chevaux galopant dans ma chambre. Tu peux en choisir un.

— Un ! dit Petit Taureau tristement.
— Un.

Petit Taureau examina attentivement chaque cheval, touchant les pattes, caressant leurs croupes, les regardant droit dans les yeux. Il choisit finalement un cheval marron de petite taille avec deux sabots blancs, et qui, à l'origine, portait un Arabe (autant qu'Omri pouvait s'en souvenir) brandissant une épée recourbée devant une bande de légionnaires français.

— Comme cheval anglais, grommela Petit Taureau.

— Et il a une selle et une bride qui vont devenir réels, exulta Omri.

— Petit Taureau pas vouloir. Monte à cheval

avec corde, à cru. Pas comme les soldats blancs, ajouta-t-il gravement avant de cracher. Quand ?

– Je ne sais pas encore combien de temps cela va prendre. On peut commencer maintenant.

Omri posa le placard par terre, y enferma le cheval et tourna la clé. Presque aussitôt on put entendre le fracas des petits sabots sur le métal. Ils se regardèrent, ravis.

– Ouvre ! Ouvre porte, ordonna Petit Taureau.

Un charmant petit poney arabe, à la robe brillante, caracolait et grattait la peinture blanche. Quand la porte oscilla, il se déroba nerveusement, tourna la tête et pointa les oreilles vers l'avant. Ses petits naseaux se dilatèrent, sa queue noire fouetta ses hanches comme s'il saluait ; il hennit. Déjà il avait franchi d'un bond le bord du placard. Petit Taureau poussa un cri de joie.

Comme le poney ruait de peur, il prit son élan et saisit les rênes de cuir. Le poney essaya de se dégager, mais Petit Taureau tint bon. Quand le poney, ragaillardi, se cabra, l'Indien se mit sur le côté. Agrippant le pommeau, il se hissa dessus et, ignorant les étriers, se tint en serrant les genoux.

A la consternation d'Omri, Petit Taureau, au lieu de s'accrocher d'une façon ou d'une autre, lâcha et fut projeté en l'air avant d'atterrir sur la moquette, juste au coin du placard.

Omri pensa qu'il s'était rompu le cou, mais il fit une sorte de saut périlleux et se retrouva immédiatement sur ses deux pieds. Il exultait.

– Cheval fou ! s'écria-t-il, euphorique.

Le cheval, quant à lui, attendait, sans bouger. Il regardait l'Indien d'un air farouche.

Cette fois, Petit Taureau évita tout geste brusque. Il resta immobile un long moment, regarda l'arrière du poney. Ensuite, si doucement qu'on pouvait à peine le remarquer, il s'approcha de lui. Les sifflements bizarres entre ses dents semblaient presque hypnotiser le poney. Pas à pas, il s'approcha, doucement, jusqu'à ce qu'il soit presque nez à nez avec la bête. Ensuite, très calmement, Petit Taureau posa sa main sur l'encolure du poney. C'était tout. Il ne tint pas les rênes. L'animal aurait pu s'enfuir, mais il ne le fit pas. Il leva un peu la tête, de telle sorte qu'on pouvait croire que l'Indien et le poney soufflaient chacun dans les narines de l'autre.

– Maintenant, cheval mien. Cheval fou mien, chuchota l'Indien.

Tout en avançant lentement, mais pas aussi lentement qu'auparavant, il prit les rênes et longea le cheval. Après quelques essais, il trouva comment défaire la sangle qui tenait la selle arabe, la souleva et la posa sur le sol. Le poney fit un mouvement de la tête, mais ne broncha pas. En sifflant doucement, l'Indien pesa de tout son poids contre le flanc du poney et se hissa à l'aide de ses bras jusqu'à ce qu'il soit à califourchon. Laissant les rênes lâches le long de l'encolure, il serra les jambes. Le poney avança, dompté et aussi docile qu'on aurait pu le souhaiter. Ils décrivirent un cercle à l'intérieur du placard, comme s'ils avaient été dans un cirque.

Soudain, Petit Taureau attrapa les rênes et les tira sur le côté, pour tourner la tête du poney. Au même moment, il lui donna de forts coups de talon. Le poney pivota et bondit en avant vers le coin du placard.

Le pourtour métallique, de deux centimètres environ, vint frapper la poitrine du poney (comme une barrière à cinq barres, pour un cheval de taille normale) qui n'avait pas assez d'espace pour se diriger en ligne droite, ce qui obligea Petit Taureau à lui faire tracer des diagonales.

Omri réalisa tout de suite que la moquette

était trop douce pour lui, ses pieds s'y enfonçaient comme dans du sable.

— Besoin sol. Pas couverture, dit Petit Taureau sévèrement. Couverture pas bonne pour monter à cheval.

Omri regarda sa montre. Il était à peine plus de six heures du matin — il avait au moins une heure devant lui avant que quelqu'un ne se réveille.

— Je pourrais t'emmener dehors, dit-il, un peu hésitant.

— Bon, dit Petit Taureau. Mais ne touche pas poney. Toi touche. Lui beaucoup peur.

Omri prit une petite boîte en carton qui avait servi d'emballage à un camion. Elle comportait une sorte de fenêtre, à travers laquelle on pouvait voir ce qui se passait dehors. Il la posa par terre avec la partie arrière ouverte. Petit Taureau conduisit le cheval à l'intérieur, et Omri ferma doucement le rabat et, s'entourant d'encore plus de précautions, la souleva. Pieds nus, il descendit doucement l'escalier avec la boîte et sortit par-derrière.

C'était une agréable matinée d'été, fraîche. Omri se tenait sur l'escalier situé à l'arrière de la maison avec la boîte dans les mains, à la recherche d'un lieu adéquat. Le gazon ne convenait pas. En de nombreux endroits, l'herbe aurait dépassé la tête de l'Indien. La terrasse non plus, avec ses briques irrégulières et crevassées. Le chemin était en terre battue et parsemé de petits cailloux, un bon sol pour monter à cheval, à condition qu'ils fassent attention. Omri s'approcha du chemin et posa la boîte en carton.

Il hésita quelques instants. L'Indien pourrait-il s'enfuir ? A quelle vitesse pourrait galoper un petit poney comme celui-là ? Aussi vite qu'une souris ? Si c'était le cas, Omri n'avait aucune chance de les rattraper. Mais un chat pourrait...

En pyjama, Omri s'agenouilla sur le chemin et accola son visage à la fenêtre de cellophane. A l'intérieur, l'Indien tenait la tête du poney entre ses mains.

– Petit Taureau, dit-il distinctement, nous sommes dehors maintenant. Je vais te laisser sortir, ainsi que ton poney. Mais souviens-toi, tu n'es pas dans la prairie. Il y a ici des lions des montagnes, et ils sont assez grands pour t'avaler entier ainsi que le poney. Ne t'enfuis pas, tu ne survivrais pas. Tu comprends ?

Petit Taureau le regarda d'un air assuré et opina. Omri ouvrit la boîte. L'indien et le poney sortirent dans le soleil du matin.

4
Les merveilles de l'extérieur

Tous les deux, le cheval et l'homme, semblaient savourer la fraîcheur de l'air matinal tout en s'assurant qu'ils n'encouraient aucun danger. Le poney accomplissait encore des cercles avec sa tête quand Petit Taureau sauta sur son dos.

Le poney tressaillit, se cabra légèrement, mais cette fois Petit Taureau s'agrippa fermement à la longue crinière. Les jambes antérieures du poney avaient à peine touché le sol qu'il se mit à galoper. Omri bondit et partit à leur poursuite.

Le poney galopait à une vitesse étonnante. Mais en courant sur le gazon à côté du chemin, Omri se tenait facilement à leur hauteur. Comme le chemin était sec, leur passage laissait un épais nuage de poussière, ce qui devait les combler d'aise. Omri pouvait facilement les imaginer galopant à travers une contrée sauvage, sur une terre vierge.

Il était de plus en plus facile à Omri d'adopter le point de vue de l'Indien. Les petits cailloux sur le chemin étaient devenus d'énormes blocs de pierre, qu'il fallait éviter ; les mauvaises herbes : des arbres ; le bord de la pelouse : un escarpement qui atteignait deux fois la taille d'un homme. Une fourmi qui détala à travers le chemin intimida le poney. L'ombre d'un moineau qui s'abattit sur eux l'arrêta brutalement. Le poney se fit tout petit, comme l'aurait fait un poney de taille réelle face à un énorme oiseau de proie. Omri était ébahi par le courage dont Petit Taureau faisait preuve devant de tels dangers. Ce n'était pas de l'inconscience. Petit Taureau voyait clairement le péril, et après avoir galopé, revint au trot vers Omri qui s'accroupit pour entendre ce qu'il disait.

– Danger, dit l'Indien. J'ai besoin arc, flèches, gourdin. Peut-être pistolet, implora-t-il.

Omri opina.

– Alors, armes d'Indiens, acquiesça Omri. Je vais m'en procurer aujourd'hui. Mais en attendant, il vaudrait mieux rentrer à la maison.

– Pas aller dans pièce fermée. Toi rester, chasser animaux sauvages.

– Je ne peux pas. Il faut que j'aille à l'école.
– Quoi, école ?

— Un endroit où on apprend.

— Ah! apprendre. Bon, approuva Petit Taureau. Apprendre loi des tribus, honneur des ancêtres, chemins des esprits?

— Oui, enfin, c'est à peu près ça.

Petit Taureau était très réticent à l'idée de rentrer, mais il réalisa que seul, il ne pouvait affronter le danger. Tandis qu'Omri courait à ses côtés, il rentra au galop le long du chemin, mit pied à terre et réintégra la boîte. Omri gravit l'escalier, quand soudain, la porte s'ouvrit. C'était son père.

— Omri, pourquoi diable es-tu ici en pyjama? et rien aux pieds, garnement! Que fabriques-tu donc?

Omri étreignit la boîte avec une telle force qu'il sentit les côtés se plier; aussi desserra-t-il son étreinte. Il transpirait.

— Rien. Je n'arrivais pas à dormir. J'avais envie de prendre l'air.

— Tu n'aurais pas pu mettre tes pantoufles au moins?

— Pardon, j'ai oublié.

— Bon, dépêche-toi d'aller t'habiller maintenant.

Omri se précipita en haut et, à bout de souffle, posa la boîte par terre. Il ouvrit le couvercle. Le poney se rua dehors, et se réfugia sous la table, craintif. Quelle épouvantable expérience ! S'attendant au pire, Omri se pencha et inspecta l'intérieur de la boîte. Petit Taureau était assis dans un coin, soutenant sa jambe, qui, à la grande stupeur d'Omri, saignait à travers son pantalon de daim.

– Boîte sauter. Poney a peur. Décocher coup de pied à Petit Taureau, dit Petit Taureau qui, même s'il avait retrouvé son calme, semblait souffrir.

– Je suis désolé, s'écria Omri. Sors de là, je vais voir ce que je peux faire.

Petit Taureau se redressa et sortit de la boîte. Il s'efforçait de ne pas claudiquer.

– Enlève ton pantalon et montre-moi ta blessure, dit Omri.

L'Indien lui obéit et se tint en culotte. Sur la petite jambe on pouvait voir la blessure occasionnée par le sabot du poney. Du sang se répandait sur la moquette. Omri était désemparé. Heureusement, Petit Taureau savait comment procéder.

– Eau, ordonna-t-il. Bandes.

Pris de panique, Omri s'efforça tout d'abord de reprendre ses esprits. Sur la table de nuit, il y avait un verre à dents plein d'eau, mais ce n'était pas assez propre pour nettoyer la blessure. Sa mère avait du désinfectant dans son armoire à pharmacie. Quand l'un des garçons se coupait, elle ajoutait quelques gouttes de ce produit à de l'eau chaude.

Omri se précipita dans la salle de bains et de ses mains tremblantes imita les gestes de sa mère. Il prit un petit morceau de coton. Mais il n'avait aucune idée de ce qu'il pouvait utiliser comme bandage. Il rentra vite avec l'eau et en versa un peu dans la gamelle de ses *supermen*. L'Indien en déchira un bout et le trempa dans le liquide avant de l'appliquer sur sa jambe.

L'Indien fut surpris, mais ne broncha pas.

– C'est pas eau, c'est feu !

– C'est mieux que de l'eau.

– Maintenant ligaturer, dit l'Indien. Retenir sang.

Omri était déconcerté. Un bandage suffisamment petit pour une blessure comme celle-ci ! Soudain, ses yeux tombèrent en arrêt sur la boîte à biscuits. Là, sur le dessus, gisait un soldat de la Première Guerre mondiale avec le bandeau rouge d'un service sanitaire. Il tenait dans sa main une trousse médicale avec une croix rouge sur le dessus. Elle devait contenir des bandages.

Il s'empara de la figurine, la poussa à l'intérieur du placard, ferma la porte et tourna la clé. Quelques instants plus tard, une petite voix anglaise appelait de l'intérieur.

– Hé ! je suis là. Revenez, les gars. Ne laissez pas un camarade dans l'obscurité.

5
Tommy

Omri se sentit soudain très bête.

– Quel idiot je fais !

Il n'avait pas réalisé que non seulement le matériel de soins, mais aussi l'homme deviendraient réels. Et, après tout, un bandage adapté à la taille de l'Indien nécessitait quelqu'un de même dimension pour l'appliquer. Or, à moins d'avoir commis une grave erreur, c'était juste ce qui l'attendait dans le placard magique.

Il ouvrit la porte.

Oui, il était là, les joues roses, les cheveux ébouriffés sous sa casquette. Son uniforme était froissé, couvert de boue et de traces de sang. Son visage exprimait à la fois la colère, l'effroi et l'hébétement. Il se frotta les yeux de sa main libre

– Dieu soit loué, un peu de lumière du jour, dit-il. Que se passe-t-il ?

Il ouvrit les yeux et aperçut Omri, qui le vit pâlir. Ses genoux se dérobaient sous lui. Il prononça quelques sons dont on ne savait trop si c'étaient des injures ou des grognements. Il leva sa sacoche et se protégea le visage.

Omri se hâta de le rassurer.

– Je t'en prie, n'aie pas peur. Tout va bien.
Il inspira.

– Je suis un rêve. Je ne te ferai aucun mal. Je veux juste que tu fasses quelque chose pour moi, ensuite tu te réveilleras.

Doucement, le petit homme baissa ses mains et releva la tête.

– Un rêve, c'est vrai ? Bien sûr. J'aurais dû m'en douter. Oui, bien sûr. Quand même, la guerre est suffisamment cauchemardesque sans géants et...

Il inspecta la chambre d'Omri.

– C'est peut-être mieux comme ça. Au moins, c'est calme ici.

– Peux-tu prendre ta sacoche et sortir de là ? J'ai besoin de ton aide.

Le soldat réussit à sourire, un sourire mi-figue, mi-raisin, et effleura sa casquette en guise de salut.

– Je suis à toi dans un instant, dit-il.

Il prit sa sacoche et enjamba le bord du placard.

– Reste dans ma main, ordonna Omri.

Le soldat n'hésita pas un instant et se hissa en s'agrippant à l'auriculaire d'Omri.

– C'est de la rigolade, dit-il. Je vais bien m'amuser demain dans les tranchées à raconter mon rêve aux copains.

Omri l'amena jusqu'à l'endroit où se trouvait Petit Taureau. Assis sur la moquette, il tenait sa jambe qui saignait encore. Le soldat s'agenouilla et, les genoux bien enfoncés dans le sol, il eut l'air intrigué.

– Pas possible! (Il respira.) Un beau Peau-Rouge! C'est un drôle de rêve. Et blessé aussi. Bon, je suppose que c'est mon travail, n'est-ce pas, de le rabibocher?

– Oui, s'il te plaît, dit Omri.

Sans élever d'objections, le soldat posa la sacoche à même le sol, et en ouvrit toutes les pochettes. Omri se pencha pour mieux observer la scène. Il aurait eu besoin d'une longue-vue. Il eut une telle envie de regarder en détail cette sacoche qu'il prit le risque de se glisser dans la chambre de Gillon. (Gillon dormait encore et de toute façon, il n'était pas sept heures) pour lui prendre sa longue-vue dans son tiroir secret.

Quand il revint dans sa chambre, le soldat fit un petit garrot en haut de la jambe de l'Indien.

A l'aide de la longue-vue, Omri inspecta la sacoche, il ne manquait rien : des bouteilles, des boîtes de médicaments, de la pommade, des instruments en acier, dont une aiguille hypodermique, et autant de bandes qu'on voulait. Omri s'aventura même à regarder la blessure. Elle était assez profonde. Le poney avait dû décocher un terrible coup de sabot.

A propos, où était le poney?

Il regarda autour de lui, un peu inquiet. Le poney était là; d'un air pitoyable il essayait de brouter la moquette.

Il faut que je lui apporte de l'herbe, se dit Omri en lui offrant un bout de pain dur qu'il avala avec reconnaissance, puis un peu d'eau dans un couvercle en fer. C'était bizarre de voir à quel point le poney n'avait pas peur de lui. Peut-être ne pouvait-il le voir précisément?

— Voilà, c'est bon, dit le soldat en se redressant.

Omri regarda la jambe de l'Indien à travers sa longue-vue. La blessure était superbement bandée. Même Petit Taureau la contemplait avec une satisfaction évidente.

— Merci beaucoup, dit Omri. Tu veux te réveiller maintenant?

— Oui, ce serait une idée, même si tout ce qui

m'attend, c'est la boue, les rats et les obus allemands. Mais il faut que nous gagnions la guerre, n'est-ce pas ? Nous ne pouvons déserter, même en rêve, en tout cas pas pour longtemps. C'est l'appel du devoir.

Omri le souleva doucement et le remit dans l'armoire.

– Au revoir, dit-il. Peut-être un jour, tu pourrais te remettre à rêver.

– Avec plaisir, dit le soldat, d'un ton enjoué. Tommy Atkins, à votre service. Toute la nuit, sauf quand il y a une attaque.

Et il salua Omri prestement.

Avec regret, Omri ferma la porte à clé. Il fut tenté de garder le soldat, mais cela risquait d'être trop compliqué. De toute façon, il pouvait toujours le ramener à la vie quand il le voulait. Quelques instants plus tard, il rouvrit la porte pour voir ce qu'il en était. Le secouriste était là, la sacoche à la main. Il était exactement comme Omri l'avait laissé, en train de saluer. La seule différence, c'est qu'il avait retrouvé sa forme plastique.

Petit Taureau remit doucement son pantalon taché de sang.

– Bonne magie, commenta-t-il. Jambe mieux.

– Petit Taureau, que vas-tu faire, quand je serai à l'école?

– Tu apportes écorce d'arbre. Petit Taureau fait maison iroquoise.

– C'est quoi, ça?

– Maison iroquoise. Besoin terre, pieux pour enfoncer dedans.

– Terre, pieux?

– Terre, pieux, écorce. Pas oublier nourriture, armes, outils, plats, eau, feu.

Il n'y eut pas de dispute ce matin-là au petit déjeuner. Omri avala son œuf et partit en courant. Dans la serre, il trouva un bac à semences, plein de terreau bien tassé. En cachette, il l'apporta en haut et vida son contenu sur le sol, derrière la penderie, persuadé que même si c'était le jour du ménage, sa mère ne la balaierait pas. Puis il prit un canif et ressortit.

Heureusement, l'écorce d'un des arbres du jardin s'enlevait facilement, c'était une espèce argentée couverte d'écailles. Il dépouilla un grand bout, puis découpa encore un morceau pour être sûr que l'Indien en aurait assez. Quelle était la longueur d'une maison iroquoise? Il ramassa un peu d'herbe pour le poney, puis coupa des brindilles fines, droites mais solides et enleva les feuilles. Ensuite, il retourna dans sa chambre et étala le tout à côté de Petit Taureau, qui, assis les jambes et les bras croisés à l'extérieur de son *tepee,* avait les yeux fermés, comme s'il priait.

– Omri ! appela sa mère d'en bas. C'est l'heure de partir.

Omri sortit de sa poche le bout de toast qu'il avait gardé du petit déjeuner et vida la boîte de *corned beef.* Il en restait encore, même si c'était un peu sec. Dans la salle de bains, il remplit d'eau le gobelet de ses *supermen* et en versa un peu dans le couvercle du poney. Le poney ruminait l'herbe fraîche en donnant des signes de satisfaction. Omri remarqua que la bride avait été remplacée par un licou, confectionné avec dextérité, à l'aide d'un bout de fil.

– Omri !
– J'arrive.
– Les autres sont partis. Dépêche-toi, tu vas être en retard !

Une dernière chose : Petit Taureau ne pouvait fabriquer une maison iroquoise sans outil. Il avait besoin d'une hache. Omri fouilla avec frénésie dans sa boîte à biscuits. Il y dénicha un chevalier qui, d'un air terrifiant, brandissait une hache de guerre. Ce n'était pas exactement la hache de ses rêves mais c'était mieux que rien, et de toute façon, il devrait s'en contenter.

Il s'empara du chevalier, l'enferma dans le placard.

– Omri !
– Une seconde.
– Que fais-tu ?

Bring ! Un bruit de hache retentit à l'intérieur du placard. Omri l'ouvrit brusquement, s'empara de la hache. Le chevalier qui s'agitait eut juste le temps de jeter un regard horrifié, et déjà il était réduit à l'état de plastique par le claquement de la porte. Tant pis ! il avait un aspect des plus déplaisants, comme celui des chevaliers quand ils assassinaient les pauvres Sarrasins de Palestine. Omri n'avait pas l'intention de perdre son temps avec un chevalier. La hache était superbe. Du métal étincelant, avec un bord tranchant de chaque côté et un long manche en métal très lourd. Omri la posa à côté de Petit Taureau.

– Petit Taureau.

Petit Taureau ne répondit pas, il semblait en transe comme s'il communiquait avec ses ancêtres. Bon, il trouvera tout quand il redescendra sur Terre. Omri se précipita en bas, attrapa son anorak, son argent du déjeuner et sortit.

6
Le chef est mort, vive le chef !

Il dut courir tout le long du chemin pour arriver à l'heure à l'école. La première chose qu'il fit fut de se diriger vers la bibliothèque réservée aux grandes classes. Il savait qu'un livre d'enfants sur les tribus ne répondrait pas à ses exigences. Il voulait un vrai livre d'adultes. A sa grande joie il en dénicha un, dans la collection *Peuples du monde,* intitulé *Sur les traces des Iroquois.* Il ne pouvait l'emporter, parce qu'il n'y avait personne pour l'inscrire, mais il s'assit sur un banc et commença à lire. Omri n'était pas ce qu'on pouvait appeler un grand lecteur.

Pour apprécier un livre, il fallait qu'il l'ait déjà lu. Mais comment (son instituteur ne se fatiguait plus à le lui demander) pouvait-il découvrir un nouveau livre sinon en le lisant une première fois ?

Or celui-ci, *Sur la trace des Iroquois,* n'était

pas une bande dessinée. Il était imprimé en petits caractères, sans photos, et n'avait pas loin de trois cents pages. « Entrer dedans » semblait impossible et Omri se contenta de le feuilleter. Il réussit tout de suite à trouver deux ou trois informations. On appelait les indiens Iroquois « les Cinq Nations ». L'une d'entre elles était les Mohawks, une tribu dont Omri avait entendu parler. Ils vivaient effectivement dans des maisons iroquoises et non pas dans des *tepees*. Ils se nourrissaient de maïs, de calebasses (peu importait ce que cela pouvait être) et de haricots. (Bizarrement, on appelait ces légumes « les trois sœurs ».)

Les Algonquins étaient souvent mentionnés comme les ennemis des Iroquois et Omri eut la confirmation que les Iroquois s'étaient battus aux côtés des Anglais, tandis que les Algonquins avaient combattu pour les Français au cours du XVIIIe siècle, et que les tribus avaient scalpé beaucoup de gens.

Omri éprouvait un intérêt de plus en plus vif pour ce sujet. Ce livre, destiné aux adultes, tentait d'expliquer pourquoi les Indiens scalpaient autant. Omri avait toujours cru qu'il s'agissait d'une coutume indienne, mais, apparemment il n'en était rien, du moins jusqu'à l'arrivée de l'homme blanc. L'homme blanc aurait incité les Iroquois et les Algonquins à se scalper mutuellement, sans oublier les scalps des hommes blancs. Les Anglais et les Français leur auraient offert de l'argent, du whisky et des pistolets. La sonnerie avait déjà retenti depuis cinq minutes, quand quelqu'un tapa sur l'épaule d'Omri qui était plongé dans le livre et fronçait sévèrement les sourcils. Il se précipita dans le préau pour le rassemblement. La matinée n'en finissait pas. A trois reprises, l'instituteur dut lui dire de se réveiller. Patrick se pencha vers lui et murmura :

– Tu rêves encore plus que d'habitude. Qu'est-ce qui se passe ?

– Je pense à mon Indien.

– Écoute, chuchota Patrick. Tu te moques de moi avec cet Indien, il n'a rien de merveilleux. Tu peux t'en procurer pour quelques centimes chez Yapp (Yapp était le marchand de journaux et de jouets).

– Je sais, et tout leur équipement. Je vais faire des courses à la récréation de midi. Tu viens avec moi ?

– Personne n'est autorisé à sortir de l'école au moment du déjeuner, sauf ceux qui rentrent chez eux, tu le sais bien !

– Peu importe, je sors. Il faut que je sorte.
– Vas-y après l'école.
– Non, je devrai rentrer à la maison.
– Quoi ? Tu ne restes pas pour faire du *skateboard* ?
– Omri et Patrick ! Pourriez-vous arrêter de bavasser !

Ils s'arrêtèrent.

L'heure du déjeuner arriva enfin.

– Je m'en vais. Tu viens ?
– Non, ça va créer des problèmes.
– Je n'y peux rien.
– Tu es un petit malin.

Malin ou pas, Omri s'éclipsa, traversa le terrain de jeux, se glissa par un trou dans la haie (la barrière de l'entrée était fermée pour empêcher les enfants d'aller sur la route) et en cinq minutes, en courant sur tout le chemin, Omri était chez Yapp.

Il y avait une boîte de cow-boys et d'Indiens. Omri fouilla jusqu'à ce qu'il trouve un chef vêtu d'un manteau et d'une parure à plumes, un arc dans la main et un carquois plein de flèches accroché dans son dos. Omri l'acheta avec une partie de l'argent du déjeuner, et courut jusqu'à l'école. Il arriva à temps pour ne pas être porté absent.

Il montra le chef à Patrick.

– Pourquoi acheter d'autres Indiens?

– C'est uniquement pour l'arc et les flèches.

Patrick le regardait maintenant comme s'il avait perdu la tête. L'après-midi, heureusement, ils avaient deux heures de travaux manuels. Omri avait complètement oublié d'apporter la tente qu'il avait faite, mais il y avait plein de bouts de peau, de bâtons, d'aiguilles et de fil dans la salle de travaux manuels, et il en confectionna rapidement une autre bien plus belle que la première. La couture l'avait toujours ennuyé à mourir, mais là, il resta assis pendant une demi-heure en piquant le cuir, sans même lever le nez. Il essaya de recréer l'apparence de *patchwork* des vrais *tepees* confectionnés à partir de morceaux de peaux, bizarrement coupés, et il trouva un moyen de renforcer les perches de façon à ce qu'elles ne tombent pas à chaque fois qu'on leur donnait un coup.

– C'est très beau, Omri, s'exclama l'instituteur à plusieurs reprises. Quelle patience soudain!

Mais Omri qui, pourtant, aimait les flatteries comme tout le monde, l'entendit à peine. Il était très concentré.

Après un long moment, il sentit la présence

de Patrick penché au-dessus de lui. Il respirait bruyamment par le nez pour attirer l'attention de son ami.

— C'est pour mon Indien ?
— Mon Indien, tu veux dire.
— Pourquoi tu le fais en plusieurs morceaux ?
— Pour faire vrai.
— Les vrais ont des dessins dessus.
— Il en aura aussi. Il va peindre de vrais dessins iroquois.
— Qui, il ?
— Petit Taureau, c'est son nom.
— Pourquoi pas l'appeler cachalot ? demanda Patrick avec un sourire narquois.

Omri le regarda, et déconcerté :

— Parce qu'il s'appelle Petit Taureau.

Patrick cessa bientôt de sourire et fronça les sourcils.

— Arrête de me raconter des histoires, dit-il d'un air maussade.

Omri le regarda longuement et retourna à ses collages. Les bâtonnets devaient aller par paires. Pour les petits, il allait utiliser une colle spéciale. C'était assez délicat. Patrick resta là une minute et dit :

— Je peux venir chez toi, aujourd'hui ?
— Non, je suis désolé.

— Pourquoi pas ?
— Maman a des invités, marmonna Omri.

Il ne savait pas très bien mentir ; Patrick sut tout de suite que c'était un mensonge et en fut blessé.

— Entendu, dit-il, furieux, avant de s'éloigner à grands pas.

L'après-midi se terminait enfin. Omri fit ses devoirs : ce qui lui prenait habituellement une demi-heure, car il traînassait, fut cette fois fini en dix minutes.

Il arriva hors d'haleine et salua sa mère, surprise de le voir rentrer si tôt, en lui demandant entre deux hoquets s'il pouvait prendre le thé dans sa chambre.

— Qu'as-tu fait là-haut ? C'est immonde par terre. C'est plein d'herbe et d'écorce. Et où as-tu trouvé ce beau *tepee* d'Indien ? J'ai cru qu'il était en vrai cuir.

Omri la regarda, interloqué.

— Je... commença-t-il.

Mentir à Patrick, c'était une chose ; mentir à sa mère, c'en était une autre. Il ne le faisait que lorsqu'il était exposé aux pires représailles.

Par bonheur, le téléphone sonna et il fut épargné, du moins pour l'instant. Il courut à l'étage.

C'était vraiment en désordre, mais pas pire que d'habitude quand il bricolait quelque chose. Petit Taureau et le poney étaient invisibles, toutefois Omri sut où jeter un coup d'œil : derrière la penderie.

Ce fut une apparition merveilleuse. Une maison iroquoise — pas tout à fait finie, mais d'autant plus belle et intéressante — se dressait dans le bac à semences, dont la surface molle avait été piétinée. Il y avait des traces de mocassins et de sabots. Omri vit qu'une rampe d'accès avait été construite à l'aide d'écorce et posée contre le bac. Omri fut heureux de constater qu'il y avait du crottin sur la rampe, ce qui prouvait le passage du poney. Ce dernier était là, attaché par un fil accroché à une brindille qui était elle-même enfoncée dans le sol. Il mâchait une touffe d'herbe, celle que l'Indien avait apportée.

Quant à Petit Taureau, il travaillait encore et il était si concentré qu'il ne remarqua pas qu'il n'était plus seul. Omri le regardait avec une fascination extrême. La maison iroquoise était à moitié finie. Les brindilles arrachées au saule pleureur et dépourvues de leur écorce brillaient ; chacune d'entre elles avait été arquée, les extrémités enfoncées dans la terre ou liées par du fil à d'autres brindilles transversales. Les autres brindilles (qui constituaient du reste de solides perches pour l'Indien) avaient été rajoutées au fur et à mesure. Elles tenaient sans clou ni vis. Pour consolider l'édifice, Petit Taureau avait commencé à fixer des lamelles d'écorce, semblables à de petites tuiles, sur les brindilles transversales. Il était assis sur le toit, les pieds enroulés autour de la poutre principale de la large maison, et près de lui pendaient des tuiles-écorces, qu'il avait soigneusement taillées avec son couteau. La hache de combat gisait sur le sol à côté d'une pile de brindilles non utilisées. Elle avait servi à les fendre et à les dépouiller de leurs feuilles.

Omri vit enfin Petit Taureau se redresser, étendre ses bras vers le plafond et ouvrir sa bouche d'où sortit un épouvantable bâillement.

– Fatigué ? demanda-t-il.

Petit Taureau eut tellement peur qu'il faillit tomber du toit de la maison iroquoise. Le poney hennit et tira sur sa corde. Mais Petit Taureau leva la tête et aperçut Omri. Il fit une grimace.

– Petit Taureau fatigué. Travaillé beaucoup heures. Regarde ! Fait maison iroquoise. Travaillé comme plusieurs Peaux-Rouges. Mais seul. Mais pas bons outils. Hache d'Omri lourde. Pourquoi pas tomahawk ?

Omri s'était habitué à l'ingratitude de Petit Taureau et ne s'offensa pas. Il lui montra le *tepee* qu'il avait confectionné.

— Je suppose que tu n'en voudras pas, maintenant que tu as ta maison iroquoise, dit-il un peu triste.

— Veux ! Veux !

Il semblait avoir décidé qu'après tout, un *tepee* avait son utilité. Il l'inspecta en le contournant.

— Bon ! donne peinture.

Quand il revint, il trouva Petit Taureau assis en tailleur par terre. Visiblement troublé, il dévisageait le chef de la tribu qu'Omri avait posé près du *tepee*.

— Totem, demanda-t-il ?

— Non, c'est du plastique.

— Place-tique ?

— Oui, je l'ai acheté dans un magasin.

Petit Taureau observa la longue silhouette et sa grande parure de plumes.

— Toi faire magique, obtenir arc et flèches du place-tique ?

— Oui.

— Alors, toi faire plumes réelles ? demanda-t-il, très intéressé.

— Tu aimes cette coiffure ?
— Petit Taureau aime. Mais pour le chef. Petit Taureau pas chef jusqu'à ce que le père meure. Si Petit Taureau porter plumes de chef maintenant, esprits en colère.
— Mais tu pourrais juste les essayer.
Dubitatif, Petit Taureau finit par accepter.
— Faire réel. Ensuite voir.
Omri enferma l'Indien dans le placard. Avant de tourner la clé, il s'approcha de Petit Taureau qui examinait les gigantesques pots de peinture.
— Petit Taureau, tu te sens seul ?
— Quoi ?
— Aimerais-tu un ami ?
— J'ai ami, dit l'Indien en désignant le poney de la tête.
— Je veux dire, un autre Indien.
Petit Taureau le regarda furtivement, ses mains étaient immobiles. Il y eut un long silence.
— Femme, finit-il par demander.
— Non, c'est un homme, répondit Omri. C'est un chef.
— Pas vouloir, s'empressa-t-il de répondre.
Puis il se remit au travail en baissant la tête.
Omri était déçu. Il s'était dit que ce serait amusant d'avoir deux Indiens. Mais il ne pouvait rien faire sans l'assentiment de Petit Taureau. Il fallait qu'il traite le chef comme il avait

traité le chevalier : s'emparer de ses armes et lui rendre tout de suite sa forme plastique. Mais cette fois, ce ne fut pas aussi simple.

Quand il ouvrit le placard, le chef était assis sur la planche, ahuri... Ébloui par la lumière, il clignait des yeux. Omri s'aperçut soudain que c'était un très vieil homme, couvert de rides. Il prit l'arc de ses mains assez facilement. Mais le carquois de flèches était accroché à une courroie en cuir, et pour le retirer, il fallait ôter la parure emplumée de sa vieille tête grise. Omri n'osa pas le faire, par crainte d'être irrespectueux.

Le vieil homme leva les yeux. La surprise se mua alors en terreur. Mais il resta immobile, sans parler. Omri vit ses lèvres bouger et remarqua qu'il n'avait pratiquement plus de dents.

Omri pensa qu'il devait peut-être lui adresser quelques mots bienveillants pour le rassurer. Aussi leva-t-il une main, comme le font parfois les hommes blancs dans les films quand ils traitent avec politesse les chefs indiens, et dit :

– Hugh !

Le vieil homme souleva une main tremblante et s'affaissa soudainement sur le côté.

– Petit Taureau, Petit Taureau, vite, viens m'aider !

Petit Taureau grimpa sur sa main en sautant du toit de la maison iroquoise.

– Quoi ?

– Le vieil Indien, je crois qu'il s'est évanoui.

Il porta Petit Taureau jusqu'au placard et Petit Taureau se pencha sur la pauvre figurine. Il prit sa plume et l'appliqua contre la bouche du vieil homme. Puis il fit un signe de la tête.

– Mort, dit-il. Pas souffle. Cœur arrêté. Vieil homme parti chez les ancêtres. Très heureux.

Sans ambages, il commença à le dévêtir, s'empara de la parure, des flèches, ainsi que du manteau richement décoré. Omri était choqué.

– Petit Taureau, arrête, tu ne devrais pas.

– Chef mort. Moi seul Indien ici. Personne autre être chef. Petit Taureau chef maintenant, annonça-t-il en enveloppant ses épaules nues du manteau, et d'un geste élégant, il posa la parure de plumes sur sa tête. Il ramassa également le carquois.

– Omri donne flèches, ordonna-t-il.

C'était un ordre. Omri obéit sans réfléchir.

– Maintenant tu fais magique. Chevreuil pour Petit Taureau chasser. Feu pour cuisine. Bonne viande ! Il croisa ses bras et regarda Omri d'un air menaçant.

Omri était interloqué. Bien qu'il respectât

Petit Taureau comme une vraie personne, il n'était pas prêt à devenir son esclave. Il se demanda si c'était vraiment une bonne idée que de lui donner des armes, et de le laisser se proclamer chef.

— Maintenant, regarde ici, Petit Taureau, dit-il d'un ton professoral.

— Omri !

C'était la voix de son père, qui hurlait du bas de l'escalier. Omri sauta, ferma le placard. Petit Taureau tomba à la renverse, perdant ainsi toute dignité.

— Oui.

— Descends ici un instant !

Omri n'avait pas de temps à perdre en courtoisie. Il redressa Petit Taureau, l'assit à côté de sa longue maison à moitié finie, ferma à clé et se précipita en bas. Son père l'y attendait.

— Es-tu entré dans la serre récemment ?

— Heu...

— Et aurais-tu, quand tu y étais, emporté un bac couvert de graines de courgettes, s'il te plaît ?

— Eh bien, je...

— Oui ou non ?

— Oui, mais...

— Et en plus tu as abîmé le tronc du bouleau et arraché des bouts d'écorce.

– Mais papa, c'était seulement...

– Ne sais-tu pas que les arbres peuvent mourir si on leur ôte trop d'écorce ? C'est comme leur peau. Quant au bac à semences, il m'appartient. Il est interdit de prendre des choses dans la serre et tu le sais bien. Je veux que tu me rendes le bac et j'espère que tu n'as pas bousculé les graines sinon, gare à toi !

Omri déglutit avec difficulté sa salive. Lui et son père se regardèrent en chiens de faïence.

– Je ne peux pas te le rendre, dit-il enfin. Mais je vais t'en acheter un autre, ainsi que des graines. J'ai assez d'argent. Je t'en prie.

Le père d'Omri était d'un tempérament fougueux, surtout en ce qui concernait le jardin, mais il n'était pas insensible, et surtout il n'était pas de ceux qui s'immiscent dans les affaires secrètes des enfants. Il savait que son bac à semences était à jamais perdu et qu'il était inutile de sermonner Omri à ce sujet.

– Entendu, dit-il. Tu peux aller chez le quincaillier en racheter un, mais je le veux aujourd'hui.

Le visage d'Omri s'assombrit.

– Aujourd'hui ? Mais il est presque cinq heures.

– Justement, dépêche-toi.

7
Les indésirables

Omri n'était pas autorisé à faire de la bicyclette sur la route, mais il n'était pas non plus censé en faire sur le trottoir, tout au moins à grande vitesse. Aussi fit-il un compromis. Il roula doucement sur le trottoir jusqu'au coin, puis emprunta la route en se laissant porter par la vitesse du vent.

La quincaillerie était encore ouverte. Il acheta un bac à semences. Au moment de payer, son œil fut attiré par l'inscription du paquet de graines, à côté du terme courgette, on pouvait lire entre parenthèses « calebasse ». Ainsi l'une des trois sœurs était une courgette. Dans la foulée, il demanda au vendeur s'il avait des graines de maïs.

Dehors près de la bicyclette se tenait Patrick.
– Salut !

– Salut. Je t'ai vu entrer. Qu'est-ce que tu as acheté ?

Omri le lui montra.

– Encore des cadeaux pour l'Indien ? demanda Patrick d'un ton sarcastique.

– Oui, enfin, si tu veux. Quelque chose comme ça si...

– Si quoi ?

– Si j'arrive à les garder assez longtemps. Jusqu'à ce qu'elles poussent.

Patrick le toisa du regard et Omri fit de même.

– Je suis allé chez Yapp, dit Patrick, je t'ai acheté quelque chose.

– C'est vrai ? demanda Omri qui en espérait beaucoup.

Lentement Patrick sortit sa main de sa poche, la tendit vers son ami et ouvrit ses doigts. Dans sa paume était allongé un cow-boy à cheval avec un pistolet dans une main, pointé vers l'avant, enfin ce qui aurait dû être vers l'avant, s'il n'avait pas été couché sur le côté.

Omri le regarda sans piper. Puis il fit un signe de la main.

– Je suis désolé. Je n'en veux pas.

– Pourquoi pas ? Tu vas vraiment pouvoir jouer avec l'Indien !

– Ils pourraient se battre.
– Ce n'est pas ça le but du jeu ?
– Ils pourraient se faire mal.

Ils s'interrompirent. Puis Patrick se pencha en avant et demanda très lentement, mais à voix haute.

– Comment peuvent-ils donc se faire du mal ? Ils sont en plastique.

– Écoute, commença Omri. L'Indien n'est pas en plastique, c'est un vrai.

Patrick laissa échapper un profond soupir et rempocha son cow-boy. Ils étaient liés d'amitié depuis des années : ils avaient toujours été ensemble à l'école. Ils se connaissaient très bien, et si Patrick savait quand Omri mentait, il savait également quand il ne mentait pas. Le seul problème c'est qu'il ne pouvait croire ce non-mensonge.

– Je veux le voir, exigea-t-il.

Omri était en proie à de vives interrogations. Il pressentait que s'il ne partageait pas ce secret avec Patrick, leur amitié risquait d'en souffrir. Et il n'en avait pas envie. Et puis, il ne pouvait plus résister au plaisir de montrer son Indien à quelqu'un.

– D'accord, viens.

Sur le chemin du retour, il enfreignit la règle

en circulant sur la route, et de plus avec Patrick à califourchon sur la barre transversale. Ils empruntèrent toutefois l'allée, car quelqu'un pouvait se mettre à regarder par la fenêtre juste à ce moment-là.

– Il veut un feu. Mais on ne peut en allumer un à l'intérieur, dit Omri.

– On pourrait en faire un sur une assiette en métal, comme pour les feux d'artifice, suggéra Patrick.

Omri approuva.

– Allons chercher des brindilles.

Patrick ramassa une brindille d'environ vingt centimètres. Omri se mit à rire.

– Ça va pas ? Il faut qu'elles soient minuscules ; comme celle-là.

Il en ramassa quelques-unes dans une haie de troènes.

– Il veut du feu pour cuisiner ? demanda doucement Patrick.

– Oui.

– Alors, ça ne sert à rien. Un feu comme celui-là va se consumer en deux secondes.

Omri n'y avait pas pensé.

– Ce dont tu as besoin, dit Patrick, c'est d'une petite boule de goudron. Ça met des heures à brûler. Et tu pourras poser les brindilles par-dessus pour que cela ressemble à un vrai feu de camp.

– Ça, c'est une idée.

– Je connais une route qui vient d'être goudronnée, dit Patrick.

– Allons-y.

– Non.

– Pourquoi pas ?

– Je n'y crois pas encore. Je veux voir l'Indien.

– D'accord, mais avant tout il faut que j'apporte tout ça à mon père.

Ils furent retardés par le père d'Omri, qui insista pour que celui-ci remplisse le bac à semences avec du compost et y disperse les graines. Quand Omri lui offrit les graines de maïs, il le remercia mais déclara :

– Je vois que tu es pressé de t'en aller. Tu les planteras demain avant l'école.

Omri et Patrick se précipitèrent dans la chambre.

En haut, Omri s'arrêta, abasourdi. La porte de sa chambre, qu'il avait l'habitude de fermer derrière lui, était grande ouverte. Et à l'intérieur, il aperçut ses deux frères accroupis côte à côte. Ils étaient tellement silencieux qu'Omri devina qu'ils regardaient quelque chose.

Ils étaient entrés dans sa chambre sans y être autorisés, et ils avaient sûrement vu l'Indien. Ils allaient le raconter à tout le monde ! Son secret, son précieux secret qu'il était le seul à pouvoir garder, n'était plus un secret. Quelque chose se brisa en son for intérieur et il s'entendit hurler :

— Sortez de ma chambre, sortez de ma chambre !

Les deux garçons pivotèrent.

— Tais-toi, tu vas lui faire peur, dit soudain Adiel. Gillon est entré pour chercher son rat, l'a trouvé, et a découvert cette petite maison que tu as faite et il m'a appelé pour la regarder.

Omri regarda par terre. Le bac à semences avec la maison iroquoise à demi achevée avait été déplacé au centre de la chambre. C'était cela qu'ils regardaient. Il jeta un coup d'œil rapide autour de lui, mais il n'y avait aucune trace de l'Indien ou du poney. Le rat blanc apprivoisé de Gillon était sur son épaule.

— Je n'arrive pas à y croire, dit Adiel. Comment est-ce possible de fabriquer ça sans utiliser de colle ou un autre matériau ? Ç'a été fabriqué avec du fil et de toutes petites chevilles, et — regarde Gillon ! — avec de vraies brindilles et de l'écorce. C'est absolument génial !

dit-il d'une voix qui trahissait une telle admiration qu'Omri se sentait honteux.

– Je n'ai pas... commença-t-il, mais Patrick qui, bouche bée, regardait la maison, lui donna un violent coup de coude qui faillit le faire tomber.

– Oui, dit Omri. Bon, ça vous gênerait pas de déguerpir maintenant? Et prenez le rat. Tu n'as pas le droit de le laisser venir ici, c'est ma chambre, tu le sais bien.

– Et c'est ma longue-vue, rétorqua Gillon, mais il était visiblement trop subjugué par les prouesses d'Omri pour se mettre en colère.

Il l'utilisa pour regarder plus attentivement les détails de la construction.

– Je savais que tu étais habile, dit-il, mais ça, c'est incroyable! Tu dois avoir des doigts de fée pour faire des nœuds comme ça. C'est quoi? demanda-t-il soudain.

Ils entendirent tous un hennissement très faible, qui venait de sous le lit. Omri donna des signes d'agitation. Il fallait tout faire pour éviter qu'ils ne découvrent le poney. Il s'agenouilla et fit semblant de fouiller sous son lit.

– Ce n'est rien, c'est juste le petit réveil avec le dauphin, celui que j'ai reçu à Noël, bredouilla-t-il. J'ai dû le remonter. Il fait toujours un bruit ridicule quand il commence à tictaquer.

Il se redressa et poussa presque les deux garçons vers la porte.

— Pourquoi es-tu si pressé de te débarrasser de nous ? demanda Gillon, soupçonneux.

— Allez-vous-en, vous savez que vous devez partir d'ici quand je vous le demande.

Les hennissements du poney ne ressemblaient en rien au cri d'un dauphin.

— On dirait un poney, dit Adiel.

— Eh oui ! c'est un poney, il y a un minuscule poney de sorcière sous mon lit, dit Omri moqueur.

Ils s'en allèrent enfin, non sans jeter quelques coups d'œil suspicieux derrière eux. Omri claqua la porte et la verrouilla. Les yeux fermés, il s'adossa contre elle.

— C'est un poney ? chuchota Patrick, émoustillé.

Omri opina, puis s'allongeant par terre, il inspecta le dessous du lit.

— Donne-moi la torche qui se trouve dans la commode.

Patrick la lui tendit, et s'allongea à côté de lui. Ils explorèrent avec la torche qui sondait l'obscurité.

— La vache ! s'exclama Patrick, admiratif.

Le poney se tenait là, apparemment seul, et hennissait. Quand le faisceau de la lampe l'atteignit, il s'arrêta et détourna la tête. Omri aperçut un pantalon derrière lui.

– Tout va bien, Petit Taureau, c'est moi, dit Omri.

Lentement une crête de plumes, puis l'occiput d'une tête noire, et enfin une paire d'yeux surgirent au-dessus du dos du cheval.

– Qui sont les autres ? demanda-t-il.

– Mes frères. Ça va, ils ne t'ont pas vu.

– Petit Taureau entendre venir. Prendre poney, courir, cacher.

– Bien. Sors d'ici faire connaissance avec mon ami Patrick.

A califourchon sur son poney, Petit Taureau sortit fièrement, il portait son nouveau manteau et sa parure. Impétueux, il toisa Patrick qui le regarda étonné.

– Dis-lui quelque chose, murmura Omri. Dis Hugh, il y est habitué.

Patrick essaya à plusieurs reprises de dire Hugh, mais il ne put prononcer qu'un couinement. Solennel, Petit Taureau le salua en levant le bras.

– Ami d'Omri, ami de Petit Taureau, dit-il, magnanime.

Patrick déglutit. Il n'en croyait pas ses yeux et manqua de s'évanouir. Petit Taureau attendit poliment, mais comme Patrick ne disait mot, il alla à cheval jusqu'au bac à semences. Les garçons l'avaient sorti de sa cachette derrière la caisse. Ils avaient fait attention, mais la rampe avait été déplacée. Omri se dépêcha de la remettre et Petit Taureau conduisit le cheval à l'intérieur, puis mit pied à terre et l'attacha avec un licou au poteau qu'il avait enfoncé dans le terreau. Ensuite, il retourna calmement sur le chantier de la maison iroquoise, et posa les dernières tuiles.

Patrick passa la langue sur les lèvres et glapit :

– C'est un vrai, c'est un véritable Indien, il est vivant.

– Je t'avais dit.

– Comment ça s'est produit ?

– Ne me demande pas. Ça vient de ce placard, ou peut-être de la clé. Elle est très vieille. Tu enfermes des gens en plastique à l'intérieur, et ils deviennent vivants.

Patrick le regarda en roulant de gros yeux.

– Tu veux dire : ce n'est pas simplement lui ? Tu peux le faire avec n'importe quelle figurine ? Ou uniquement avec celles en plastique ?

Patrick paraissait sceptique.

– Qu'est-ce qu'on attend pour rendre plein de choses vivantes ? Des armées entières ?

Et il se précipita sur la boîte à biscuits.

Omri l'empoigna.

– Non, attends, ce n'est pas si simple.

– Pourquoi cela ? demanda aussitôt Patrick, qui, les mains pleines de soldats, s'apprêtait à ouvrir l'armoire.

– Parce qu'ils pourraient tous être réels.

– Réels ! Qu'entends-tu par là ?

– Petit Taureau n'est plus un jouet. C'est un être humain. Il vit pour de vrai. Peut-être qu'il n'est, je ne sais pas, qu'à la moitié de sa vie, quelque part en Amérique en 1700 quelque chose. C'est un être du passé.

Omri s'acharnait à expliquer cela à Patrick qui paraissait déconcerté.

– Et alors ? je ne saisis pas.

– Écoute, Petit Taureau m'a raconté sa vie. C'est un guerrier, il a scalpé des gens, a fait pousser des choses à manger comme des courgettes. Il avait une femme, qui est morte. Il ne sait pas comment il est arrivé ici, mais il pense que c'est magique et il croit en la magie ; il pense que je suis une sorte d'esprit ou quelque chose de ce genre. Ce que je veux dire... insista Omri, quand il vit les yeux de Patrick s'égarer du côté du placard, c'est que, si tu les mets tous ensemble, ce seront de vrais individus différents les uns des autres. Ils parleront dans leur propre langue. Tu ne peux pas les y mettre et faire d'eux ce dont tu as envie. Ils feront ce dont ils ont envie, eux, ils pourront avoir très peur et s'enfuir. Ainsi, une fois j'ai essayé avec un vieil Indien qui est mort de peur. Regarde, si tu ne me crois pas.

Et Omri ouvrit l'armoire.

Le corps du vieil Indien en plastique gisait là. Il n'y avait pas de doute, il était mort, mais pas comme certains soldats en plastique, conçus pour ressembler à des morts, mais comme les humains qui le sont vraiment : fripés, vides. Patrick le ramassa, le retourna dans sa main. Il avait laissé tomber les soldats.

– Ce n'est pas celui que tu as apporté à midi ?
– Si.
– La vache !
– Tu vois.
– Où est sa parure ?
– Petit Taureau l'a prise. Il a déclaré qu'il était chef maintenant. Cela l'a rendu encore plus autoritaire et difficile qu'avant, dit Omri en employant un terme qu'utilisait souvent sa mère, quand il insistait pour faire ce qui lui plaisait.

Patrick remit précipitamment l'Indien par terre et s'essuya les mains sur le bas de son pantalon.

– C'est peut-être moins drôle que ce que je pensais.

Omri réfléchit quelques instants.

– Oui, acquiesça-t-il calmement. C'est pas drôle.

Ils regardèrent Petit Taureau. Il avait fini la charpente de la maison iroquoise. Il défit sa parure et la glissa sous son bras, se pencha et entra par la porte basse. Il ressortit quelques instants plus tard et leva les yeux vers Omri.

– Petit Taureau faim, dit-il. Toi avoir daim, ours, élan?

Il le menaça du regard.

– J'ai dit aller chercher, pourquoi toi pas aller chercher?

– Les magasins sont fermés. De plus, ajouta Omri, qui n'avait guère envie de paraître faible, surtout en présence de Patrick, je ne suis pas sûr d'apprécier la présence d'un ours traînant dans ma chambre, qu'en plus il faudra abattre. Je vais te donner de la viande, de quoi faire du feu, tu la cuiras. C'est tout ce que tu auras à faire.

Petit Taureau parut dérouté. Il remit à la hâte sa parure et de toute sa hauteur (presque huit centimètres avec les plumes) croisa ses bras et lança un regard furieux à Omri.

– Petit Taureau chef désormais. Chef chasse, tue sa viande. Pas prendre viande. Autre tuer... Si pas chasser, perdre adresse avec arc. Pour aujourd'hui tu donnes viande. Demain, avoir ours « place-tique » fait réel. Moi chasse. Pas ici, ajouta-t-il en regardant avec mépris le lointain plafond. Dehors, sous ciel. Maintenant, feu.

Patrick qui s'était agenouillé se redressa. Lui aussi semblait envoûté par Petit Taureau.

– Je vais chercher le goudron, dit-il.

– Non, attends une minute. J'ai une meilleure idée.

Omri descendit en toute hâte. Heureusement, le salon était vide. Dans le seau à charbon, à côté de la cheminée, se trouvait un paquet d'allume-feu. Il en cassa un assez gros morceau qu'il enveloppa dans un bout de journal. Ensuite il alla dans la cuisine. Sa mère était debout devant l'évier en train de peler des pommes. Après quelques hésitations, il se dirigea vers le réfrigérateur.

– Ne mange pas maintenant, Omri, c'est presque l'heure de dîner.

– Juste un petit bout, dit-il.

Un beau morceau de viande crue traînait sur une assiette. Omri renifla, frotta vigoureusement ses doigts contre son chandail pour enlever la poussière de l'allume-feu, prit le couteau à découper dans le tiroir et, tout en lançant des regards anxieux en direction du dos de sa mère, commença à couper un morceau. Par chance, c'était du steak facile à couper. Pourtant il faillit renverser toute l'assiette.

Sa mère se retourna au moment où il fermait la porte du réfrigérateur.

– Un petit bout de quoi ? demanda-t-elle.

Elle réagissait souvent tardivement.

– Rien, répondit-il, camouflant le morceau de viande dans sa main. Maman, je pourrais emprunter une assiette en métal ?

– Je n'en ai pas.

– Si, tu en as une, celle que tu as achetée à Adiel pour aller camper.

– Elle doit être quelque part dans sa chambre. Moi, en tout cas, je ne l'ai pas. Un petit bout de quoi ? récidiva-t-elle.

Mais Omri était déjà parti.

Adiel était dans sa chambre, en train de faire ses devoirs.

– Qu'est-ce que tu veux ? demanda-t-il à la seconde où Omri surgit.

– Cette assiette, tu sais, de camping.
– Ah ! dit Adiel, qui se remit à son français.
– Bon, je peux la prendre ?
– Oui, si tu veux. Elle est quelque part par là.

Omri finit par la trouver dans un vieux sac à dos, couverte de bouts de haricots, secs et durs comme du ciment. Il se dépêcha de rejoindre sa chambre. Même s'il ne s'était éloigné que quelques minutes, il sentit son cœur battre la chamade. Il redoutait ce qu'il allait y trouver. Cette panique incessante commençait à l'épuiser.

Mais tout était comme il l'avait laissé. Patrick était agenouillé à côté de Petit Taureau qui lui ordonnait d'ouvrir des pots de peinture, tandis que ce dernier façonnait quelque chose qui était trop petit pour être vu à l'œil nu.

– C'est un pinceau, murmura Patrick. Il a coupé quelques-uns de ses cheveux qu'il a insérés dans un morceau de bois, de la taille d'une grosse écharde.

– Verse un peu de peinture sur le couvercle pour qu'il puisse le tremper dedans, suggéra Omri.

Pendant ce temps, il raclait avec ses ongles les bouts de haricots secs. Il sortit de sa poche un morceau de l'allume-feu et les brindilles de troène et les plaça au centre de l'assiette. Il lava le morceau de viande dans le verre d'eau qui se trouvait près de son lit. Pour fabriquer la broche sur laquelle le faire cuire, il eut une idée : le Meccano. Il croyait avoir soigneusement rangé chaque élément dans la boîte, mais quand il ouvrit celle-ci, tout était sens dessus dessous. Il choisit une baguette déjà pliée et l'enfonça dans la viande. A l'aide des petites pièces du Meccano, il fabriqua une sorte de broche avec, sur le côté, des croisillons pour qu'elle puisse tourner au-dessus du feu.

– Maintenant, il faut l'allumer, dit Patrick, très excité.

– Petit Taureau, viens voir ton feu, appela Omri.

Petit Taureau leva le nez de ses peintures, dévala la rampe puis sauta sur le coin de l'assiette. Omri craqua une allumette et l'allume-feu s'enflamma aussitôt, dégageant une lumière bleuâtre et embrasant d'un seul coup les brindilles et la viande. Les brindilles craquèrent. L'allume-feu exhalait une odeur nauséabonde et Petit Taureau fronça le nez.

– Pue, cria-t-il. Gâcher viande !

– Non, dit Omri. Tourne la poignée de la broche, Petit Taureau.

Bien évidemment, il n'avait pas l'habitude des

broches, mais il apprit rapidement à s'en servir. Le bout de steak tournait dans la flamme, et perdit rapidement sa couleur rouge de viande crue, pour arborer une teinte grise puis brune. La bonne odeur de rôti commença à dominer la puanteur de l'allume-feu.

– Mmumm ! s'exclama Petit Taureau qui semblait apprécier.

Il tournait la poignée, et des gouttes de sueur perlaient le long de son visage.

– Viande !

Il avait jeté par terre le carquois de son chef, sa poitrine était rouge.

Patrick semblait fasciné.

– S'il te plaît, chuchota-t-il, je ne pourrais pas en avoir un ? Juste un, un soldat ou un autre qui me plairait, et lui donner la vie dans ton placard ?

8
Cow-boy !

Omri le regarda éberlué. Il n'y avait pas pensé, mais il lui semblait évident que tous ceux à qui il dévoilerait son secret ne pourraient résister à l'envie de posséder leur petite personne vivante.

– Patrick, ce n'est pas quelque chose, simplement pour jouer.

– Bien sûr que non, tu m'as déjà tout expliqué, mais maintenant, laisse-moi mettre...

– Mais il faut que tu y réfléchisses. Non, non, attends, tu ne peux pas encore ! Et de toute façon, je ne veux pas que tu utilises l'un de mes personnages.

Omri ne comprenait pas ses propres réticences. Il ne voulait pas être méchant, toutefois il pressentait que quelque chose d'horrible allait se produire s'il laissait faire Patrick. Cependant, il n'était guère aisé de l'arrêter. Omri l'empoigna, mais il se dégagea.

– Il faut que je... dit-il à bout de souffle, il faut que...

Patrick étendit de nouveau sa main en direction de la pile de soldats. Ils se battirent. Patrick semblait devenu un peu fou. Soudain Omri sentit le pourtour de l'assiette en métal sous son pied. Il écarta Patrick et tous deux regardèrent par terre.

L'assiette s'était renversée, le feu avait atteint la moquette. Petit Taureau leur criait d'horribles choses en faisant de grands gestes. Sa viande rôtie avait disparu sous le pied d'Omri qui, instinctivement, éteignit le feu avec son pied. Omri sentit du Meccano se briser sous sa chaussure, et quelque chose gicler sous la pression...

– Regarde, la viande est foutue, cria-t-il à Patrick. Si tout ce que tu sais faire, c'est te battre, j'aurais préféré ne pas t'emmener.

Patrick fit sa tête de mule.

– C'est ta faute, tu aurais dû me laisser mettre quelque chose dans l'armoire.

Omri souleva sa chaussure. Dessous, il y avait un amas ignoble de choses brûlées, un mélange de viande écrasée et de Meccano tordu. Petit Taureau gémissait.

– Toi, pas bon esprit ! Seulement garçon idiot ! Battre, bonne viande foutue. Toi avoir honte !

– Peut-être qu'on peut la sauver.

Il s'agenouilla et dégagea la viande du reste, en se brûlant les doigts. Il tenta de nettoyer, mais c'était inutile. La matière puante de l'allume-feu et des poils de moquette s'y étaient imprégnés.

– Je suis vraiment désolé, Petit Taureau, s'excusa Omri tout bas.

– Pas bon excuse. Petit Taureau affamé, travailler toute la journée, cuisiner viande, maintenant quoi manger ? Je te tronçonne comme arbre.

Et à son grand effroi, il vit Petit Taureau courir vers l'endroit où se trouvait la hache de guerre, la ramasser. D'un air menaçant, il se mit à accomplir de grands cercles.

Patrick était au comble de l'excitation.

– N'est-il pas d'un courage exceptionnel ? Encore plus vaillant que David face à Goliath ?

Omri sentait que la situation allait trop loin. Il plaça sa jambe à l'abri du danger.

– Petit Taureau, calme-toi, dit-il. Je t'ai dit que j'étais désolé.

Petit Taureau le regarda, les yeux enflammés. Il se précipita vers la chaise qu'Omri utilisait comme table et commença à en scier le pied.

– Arrête ! Arrête ! ou je te remets dans l'armoire.

Petit Taureau s'arrêta brusquement et fit tomber la hache. Il leur tourna le dos, haussant les épaules.

— Je vais t'apporter quelque chose à manger, tout de suite, quelque chose de délicieux. Va peindre, ça te fera du bien. Je ne serai pas long.

A Patrick, il dit :

— Attends, je sens une odeur de cuisine. Je vais en prendre un peu, dit-il, puis il se précipita en bas sans interrompre ses réflexions.

Sa mère était en train de cuisiner un superbe ragoût.

— Puis-je avoir un tout petit bout de ça, Maman ? Juste un petit bout, dans une cuillère. C'est pour jouer.

Complaisante, sa mère lui en donna une grande.

— Ne la fais pas tomber, dit-elle. Est-ce que Patrick veut rester pour dîner ?

— Je ne sais pas. Je vais le lui demander, dit Omri.

— Vous vous disputiez là-haut ? J'ai entendu des coups sourds.

— Non, pas vraiment. C'était juste qu'il voulait faire quelque chose que je...

Omri s'interrompit brusquement, comme mort. Son visage se glaça. Patrick se tenait là-haut, avec le placard et la boîte à biscuits pleine de petites figurines en plastique, seul ! Il courut. Il était généralement assez bon à la course avec la cuillère et la pomme de terre.

C'est assez difficile de porter un œuf dans une cuillère sur un terrain plat, mais ça l'était encore plus de porter une cuillère pleine de ragoût brûlant tout en grimpant l'escalier quatre à quatre. Si la cuillère était encore à peu près pleine quand il arriva en haut, c'est plus par chance qu'autre chose, car il y avait à peine prêté attention. Seuls les événements qui devaient se dérouler dans sa chambre l'intéressaient.

Il enfonça la porte et découvrit exactement ce qu'il redoutait : Patrick était en train de tourner la clé pour ouvrir le placard.

– Arrête !

Omri s'élança entre les pinceaux, mais c'était déjà trop tard. Patrick, sans se détourner, ouvrit l'armoire et plongea la main dedans. Puis il se retourna. Il regardait ses mains ouvertes en forme de bol, et ses yeux étaient grands ouverts. Il étendit ses bras vers Omri, et murmura :

– Regarde !

Omri s'avança, heureux de constater qu'au moins Patrick n'avait pas introduit plusieurs figurines. Seulement une. Mais laquelle ? Il se baissa, puis se redressa, estomaqué.

C'était le cow-boy et son cheval. Le cheval était en proie à une panique extrême. Il ruait sauvagement dans la main de Patrick, s'ébrouait, piaffait, parcourant la main à grandes foulées ; les rênes et les étriers voltigeaient.

C'était un cheval magnifique, blanc comme la neige et doté d'une longue crinière et d'une longue queue. La vue de ce cheval apeuré fit mal à Omri.

Quant au cow-boy, il était trop occupé à esquiver les coups de sabots volant pour prendre conscience de son environnement. Il pensait probablement qu'il avait été surpris par un tremblement de terre. Envoûtés, Omri et Patrick regardaient le petit homme avec sa chemise écossaise, son pantalon en peau de bison, ses bottes en cuir et son grand chapeau. Il sautillait frénétiquement dans la paume droite de Patrick, se réfugiant dans l'espace entre l'index et le pouce. Quand il osa jeter un coup d'œil en bas, il s'aperçut qu'il se balançait au-dessus du vide. Son chapeau s'envola et atteignit délicatement le sol. Le cow-boy poussa un cri, et à quatre pattes, avec ses pieds contre le dos de la main de Patrick, se protégea contre l'ongle du pouce, dans l'espoir de sauver sa vie menacée par l'arête escarpée.

– Ne bouge pas tes mains, ordonna Omri à Patrick qui, en proie à l'excitation, tremblait nerveusement.

Il y eut un moment de silence. Terrifié, le cheval tremblait de tous ses membres et caracolait. A côté de ses sabots gisait un minuscule objet noir. Omri s'approcha. C'était le pistolet. Le cow-boy, qui s'était un peu remis de ses émotions, recula à quatre pattes pour se réfugier entre les doigts de Patrick et dit au cheval quelque chose comme : « Holà ! du calme, Fella. » Il se glissa à ses côtés et réussit à attraper les rênes, qu'il tint tout près des narines du cheval et parvint ainsi à calmer l'animal. Il regarda ensuite autour de lui, mais ne parut pas remarquer les énormes visages qui se tenaient au-dessus de sa tête. Il se baissa pour ramasser le pistolet entre les pattes du cheval.

– Doucement, holà !

Omri observait la scène comme s'il était sous hypnose. Il voulut crier à Patrick qu'il s'agissait d'un vrai pistolet, mais quelque chose l'en empêcha. Le son de sa voix risquait de faire paniquer le cheval qui pouvait se blesser. Il préféra laisser faire le cow-boy, qui pointait son pistolet dans tous les sens.

Les rênes dans une main, le cow-boy se tourna de façon à appuyer son autre main contre la peau de Patrick. Il risqua un coup d'œil vers les doigts courbés juste au niveau de sa tête.

— Sapristi ! dit-il. Mais c'est un géant. Qu'est-ce que tu racontes. C'est pas possible !

Mais plus il regardait, plus il était certain qu'il s'agissait bien de mains évasées. Après s'être gratté longuement la tête, il osa jeter un coup d'œil au-delà des doigts, et là bien sûr, il aperçut Patrick qui le dévisageait. Médusé, il fut incapable de faire le moindre mouvement. Puis, il tira.

— Patrick, ferme les yeux !
— Bang !

Ce fut un petit, mais un vrai bang, un nuage de fumée s'échappa du pistolet.

Patrick poussa un cri de douleur et d'effroi. Il aurait fait tomber le cow-boy et sa monture si Omri n'avait pas tendu ses mains en dessous pour les rattraper. Patrick tenait les siennes contre sa joue.

— Aïe, aïe ! il m'a tiré dessus, hurlait-il.

Omri ne se souciait guère de son ami. Il était furieux et très inquiet pour le petit homme et pour son cheval. Il les posa prestement sur le lit et reprit les paroles du cow-boy

— Holà ! du calme ; je ne vais pas te faire mal !

— Aïe ! Ça fait mal !

— Tu l'as bien mérité, je t'avais prévenu, dit Omri avant de s'excuser. Montre-moi ta blessure.

Doucement, Patrick retira ses mains. Une goutte de sang avait perlé sur sa joue, et en regardant de plus près, Omri put apercevoir quelque chose qui ressemblait à un dard d'abeille enfoncé dans la peau.

— Ne bouge pas. Je vais l'enlever.

— Aïe !

Il pressa rapidement la peau entre les ongles de ses pouces et un grain de métal sauta.

— Il m'a tiré dessus, répéta Patrick, qui était encore sous le choc.

— Je te l'avais dit. Mon Indien m'a poignardé, répondit Omri, et c'était pas pour rigoler ! Je crois qu'on devrait le remettre. Je veux dire ton cow-boy, bien sûr, pas mon Indien.

— Le remettre où ?

Omri expliqua que le placard avait le pouvoir de lui redonner sa forme plastique, mais Patrick ne semblait pas du tout d'accord.

— Ah non ! Je veux le garder. Il est terrible. Regarde.

Patrick contemplait le petit cow-boy avec délices. Ignorant les « géants », sortis, d'après lui, de son imagination, le cow-boy traînait avec ténacité son cheval sur l'édredon d'Omri, comme s'il franchissait péniblement les dunes d'un désert bleu pâle et sans fin.

Omri s'approcha de lui, d'un air déterminé, mais Patrick se mit au travers de son chemin.

– Ne le touche pas ! C'est moi qui l'ai acheté et métamorphosé. Il est à moi.

– C'était pour moi que tu l'avais acheté.

– Tu m'as dit que tu n'en voulais pas.

– C'est vrai, mais le placard m'appartient, et je t'ai dit de ne pas t'en servir.

– Et alors ? De toute façon, c'est fait, il est vivant maintenant, et je le garde. Je te casse la figure si tu tentes de le prendre. Je suis sûr que tu réagirais de la même façon si je te prenais ton Indien.

Omri se taisait. Il venait de se rappeler quelque chose. Où était Petit Taureau ? Il regarda autour de lui et l'aperçut à l'autre bout de la pièce, occupé à peindre. De splendides dessins, des tortues, des hérons, des castors, de couleur rouge et jaune, décoraient maintenant le côté du *tepee*. Quand Omri s'accroupit à côté de lui pour les admirer, Petit Taureau dit sans le regarder :

– Toi apporter nourriture ? Je vais mourir si pas à manger !

Omri jeta un œil autour de lui. Qu'avait-il fait de la cuillère pleine de ragoût ? Elle était sur la table où il l'avait posée sans faire attention, légèrement penchée, laissant échapper quelques gouttes de sauce encore chaude. Il s'empressa de remplir de ragoût savoureux le récipient de Petit Taureau ou plutôt celui des G.I. Joe (l'assiette en carton était détrempée).

– Voilà.

Petit Taureau s'arrêta de travailler, posa son pinceau et huma le plat avec avidité.

– Hum ! bon !

Il s'assit en tailleur au milieu des pots de peinture et mangea avec un bout de pain rassis qui restait de la veille.

– Ta femme cuisiner ?

Petit Taureau avait oublié. Omri n'avait pas de femme. Il mangea goulûment et demanda :

– Toi, pas vouloir ?

– Je vais avoir ma part en bas dans une minute, dit Omri.

– Veux dire, Omri pas vouloir femme, dit Petit Taureau qui était maintenant de bien meilleure humeur.

– Je ne suis pas assez vieux.

Petit Taureau le regarda un instant.

– Non, je vois, garçon — il fit une grimace — grand garçon, mais garçon...

Il se remit à manger.

– Petit Taureau veut femme, dit-il sans lever le regard.

– Vraiment ?

– Chef a besoin femme. Belle. Bonne cuisinière. Fait ce qu'on lui dit.

Il lécha son assiette, puis il leva les yeux.

– Chez Iroquois, mère trouver femme pour fils. Mais mère de Petit Taureau pas ici. Omri être mère et trouver.

Omri eut du mal à s'imaginer être la mère de Petit Taureau, mais il dit :

– Je pourrais essayer, je crois qu'il y a quelques Indiennes chez Yapp. Mais que se passera-t-il si j'en achète une, que je lui donne la vie et qu'elle ne t'attire pas ?

– Attirer ?

– Oui, enfin... l'aimer.

– J'aime. Jeune. Belle. Obéissante. J'aime. Tu vas la chercher ?

– Demain.

Le visage de Petit Taureau s'épanouit, il lui lança un regard satisfait. Son visage était barbouillé de sauce.

– Mettons-les ensemble et regardons ce qu'ils font, suggéra Patrick qui s'était rapproché.

Omri bondit.

– Non.

– Et pourquoi pas ?

– Tu es idiot ou quoi ? Le tien a un pistolet, le mien, un arc et des flèches ; ils vont s'entretuer.

Patrick prit cet argument en considération avant de rétorquer :

– Eh bien, on pourrait leur retirer leurs armes.

Juste à cet instant, il y eut des bruits de pas dans l'escalier. Ils se figèrent. Omri déplaça doucement la caisse pour cacher Petit Taureau, et Patrick s'assit sur le coin du lit, camouflant le pauvre cow-boy qui s'acharnait encore à franchir les montagnes de l'édredon.

Il était moins une. Une seconde plus tard, la mère d'Omri ouvrit la porte et dit :

– Patrick, c'était ta mère au téléphone. Elle veut que tu rentres immédiatement. Omri, on dîne.

Omri s'apprêta à protester, mais Patrick dit soudain :

– Entendu.

D'un mouvement alerte, il ramassa le cow-boy et le cheval dans sa main gauche et les mit dans la poche de sa veste.

Omri tressaillit. Il s'imagina les blessures qu'un tel traitement occasionnerait au cheval, sans parler de la panique. Mais Patrick était déjà à moitié dehors. Omri bondit et lui agrippa le bras.

– Patrick, murmura-t-il. Fais attention. Traite-les avec soin. Ce sont des humains. Je veux dire : ils sont vivants. Que vas-tu en faire ? Comment vas-tu les dissimuler à ta famille ?

– Je ne vais pas les cacher, je vais les montrer à mon frère, ça va le rendre fou, il ne va pas en croire ses yeux.

Omri se dit qu'il allait le devenir aussi. Il secoua le bras de Patrick.

– Tu as bien réfléchi ? Comment vas-tu leur expliquer ? Que va-t-il se passer ? Si tu avoues que c'est moi qui te les ai donnés, je te casse la figure. Tu vas tout gâcher. Ils vont prendre le placard.

Patrick finit par perdre patience. Il remit doucement sa main dans sa poche.

– Écoute-moi bien. J'accepte de te les laisser, mais souviens-toi, ils m'appartiennent. Si tu les remets dans le placard, j'en parle à tout le monde. Je te préviens. Je le ferai. Demain, tu les apportes à l'école, ordonna-t-il.

— A l'école? s'écria Omri atterré. Non, je n'emmène pas Petit Taureau à l'école.

— Tu peux faire ce que tu veux avec Petit Taureau, il est à toi. Mais le cow-boy est à moi, et il sera à l'école demain, sinon je parle.

Omri lâcha son bras et, un instant, ils se regardèrent comme deux étrangers. Mais ils n'étaient pas étrangers, ils étaient amis. Et l'amitié compte beaucoup dans la vie.

— D'accord, concéda-t-il. Je les apporte. Mais maintenant tu me les rends gentiment.

Patrick sortit de sa poche homme et cheval et les posa délicatement dans la main tendue d'Omri.

9
Le match

Omri mit le cow-boy et le cheval dans un tiroir à chemises et après avoir battu le record du dîner le plus rapide, il se précipita en haut, s'arrêtant juste pour prendre quelques graines — parmi celles destinées au rat de Gillon — pour les deux chevaux.

S'enfermant dans sa chambre, il fit le point. Sa chambre devait avoir la taille d'un parc national pour le cow-boy et l'Indien. Cela devait être facile de les maintenir séparés l'un de l'autre pour la nuit. Omri pensa tout d'abord remettre les deux nouveaux dans le placard et leur redonner vie le lendemain matin avant d'aller à l'école, mais il avait promis à Patrick qu'il ne le ferait pas. Aussi décida-t-il de vider la caisse de la penderie et d'y mettre le cow-boy et son cheval pour la nuit. La caisse en bois faisait un mètre carré. Il n'y avait aucune échappée visible pour le cow-boy. Omri le posa délicatement dedans.

En le regardant, il se sentit gagné par la curiosité, il avait envie de connaître son nom et son origine, mais il préféra ne pas lui adresser la parole. D'ailleurs le cow-boy était résolu à ignorer la présence d'Omri. Quand les grandes mains de ce dernier atteignirent le sol, prirent un peu de ragoût froid, des graines pour le poney, quelques morceaux de pomme, des bouts de coton pour la literie, le cow-boy rabattit délibérément le bord de son grand chapeau sur ses yeux. Ce fut seulement quand Omri l'atteignit pour lui tendre de l'eau dans une minuscule bouteille verte en verre dénichée dans la salle de bains, qu'il prononça quelques mots :

– Enlève d'ici ce truc qui pue, cria-t-il, avec un fort accent texan. J'en boirai pas tant que je vivrai.

Il souleva la bouteille qui était presque aussi grande que lui et vida son contenu sur le bord de la caisse.

– C'est seulement de l'eau, se permit d'objecter Omri.

– Ta gueule, cria le petit homme. Je ne poserai pas mes lèvres au bord d'une hallucination, non monsieur. P'têt que j'bois trop, p'têt que j'tiens pas l'alcool comme d'autres gars le font. Mais si j'attrape le *delirium tremens* et qu'j' commence à dérailler, j'vais p'têt voir des éléphants roses et des rats qui dansent et tous ces trucs horribles qu'voient d'autres types quand ils sont dans c't état. Ça me plaît pas de voir des géants et des déserts bleus et d'être mis dans une boîte de la taille du Grand Canyon avec personne, sauf mon p'tit ch'val pour me tenir compagnie.

Il s'assit sur un tas de foin, puis posa sa tête contre les naseaux du cheval et se mit à sangloter.

Omri était bouleversé. Un cow-boy qui pleure. Il ne savait plus quoi faire. Quand sa mère pleurait — ce qui lui arrivait parfois, quand les choses allaient trop loin —, elle demandait seulement qu'on la laisse seule jusqu'à ce que cela aille mieux. Peut-être que tous les adultes étaient ainsi. Omri se détourna et se mit lentement en pyjama, puis il alla voir ce que devenait Petit Taureau de l'autre côté de la caisse. Les fenêtres étaient terminées et le *tepee* avait vraiment bonne allure. Dans la maison iroquoise, Petit Taureau arrangeait sa couverture pour la nuit. Omri donna quelques graines pour rats au cheval qui était attaché à un poteau par une longue corde.

— Ça va ? Tu n'as besoin de rien ? demanda-t-il à Petit Taureau.

Il aurait mieux fait de se taire.

— Plein de choses. Vouloir feu dans la maison pour avoir chaud, éloigner animaux sauvages. Vouloir tomahawk.

— Alors tu vas pouvoir me couper la jambe.

— Petit Taureau en colère quand toi dire ça. Utiliser tomahawk pour couper arbres, pour tuer animaux.

— Des animaux ? Quels animaux ? s'étonna Omri.

Petit Taureau imita le chant du coq. Ensuite, il fit comme s'il l'attrapait, plaçant le cou de l'animal sur un billot imaginaire, et d'un mouvement du bras lui trancha allègrement la tête.

— Je ne sais pas de quoi tu parles, dit Omri.

— Toi aller chercher. Demain. Oiseaux en « place-tique ». Bons outils. Mais feu, maintenant. Chef Petit Taureau a dit.

Omri se dirigea vers la corbeille à papier et ramassa les restes de l'allume-feu. Il rassembla quelques bouts d'écorce et des brindilles là où Petit Taureau travaillait.

— Tu ne vas pas faire du feu à l'intérieur, c'est beaucoup trop dangereux !

Omri prépara un feu sur la terre du bac, à

environ quinze centimètres de l'entrée de la maison iroquoise, et par précaution déplaça le *tepee*. Ensuite, il gratta une allumette et il y eut bientôt une belle flambée.

Petit Taureau s'accroupit à côté, sa peau rouge luisait et ses yeux pétillaient de bonheur.

– Petit Taureau, tu sais danser?

– Oui, danse de guerre, de mariage, plein de danses.

– Tu pourrais en danser une maintenant, pour que je te voie?

Il hésita, fit ensuite non de la tête.

– Pourquoi pas?

– Pas faire guerre, pas mariage, pas raison de danser.

– Et si je te trouve une femme?

L'Indien le regarda très intéressé.

– Toi donner parole?

– J'ai dit seulement que j'essaierai.

– Alors Petit Taureau danser. Ensuite danser la meilleure — danse d'amour.

Omri éteignit sa lumière. Toute la scène paraissait étonnamment réelle, avec les ombres que dessinaient les flammes, le petit cheval qui mâchait le grain et l'Indien assis sur ses talons se chauffant au coin du feu. Il portait sa parure bariolée et le carquois du chef. Omri aurait aimé être assez petit pour rejoindre Petit Taureau près du feu.

– Omri, tu es dans ton lit ? Je monte pour te souhaiter bonne nuit.

Omri fut pris de panique. Mais, heureusement, le feu s'éteignait. Petit Taureau se tenait déjà debout, bâillant et s'étirant. Il regardait dans l'obscurité.

– Hé ! Omri ! Peintures bonnes ?
– Formidable.
– Tu dors, maintenant ?
– Oui.
– Paix des esprits bienveillants sur toi.
– Merci, toi aussi.

Omri jeta un coup d'œil rapide dans la caisse. Le pauvre cow-boy avait rampé jusqu'à son installation de fortune qui faisait office de lit, et ronflait bruyamment. Il n'avait rien mangé.

Omri laissa échapper un soupir. Il espérait que Patrick aurait tout prévu. Après tout, si lui-même pouvait garder son secret, Patrick pouvait en faire autant. Tout devrait bien se passer. Mais Omri n'était pas près de tenter à nouveau l'expérience. Cela donnait beaucoup trop de soucis.

Il grimpa dans son lit, se sentant fatigué. Sa mère entra, l'embrassa, puis referma la porte.

Omri succombait au sommeil, quand soudain un hennissement retentit. Chaque cheval avait senti la présence de l'autre. Ils n'étaient pas si éloignés l'un de l'autre, et celui du cow-boy n'était pas attaché. Omri pouvait entendre le bruit de ses petits sabots heurter les bords de la caisse. Les hennissements reprirent plus aigus encore, comme si les chevaux s'interrogeaient à distance. Omri pensa rallumer la lumière, mais il était terriblement fatigué et, de plus, que pouvaient-ils faire ? Ils ne pouvaient se rejoindre, en raison du mur que formaient les planches de la caisse. Laissons-les hennir, ils s'en lasseront vite.

Omri se retourna et s'endormit. Quelques instants plus tard, il fut de nouveau réveillé par des coups de feu. En un quart de seconde, il avait sauté du lit. Un seul coup d'œil lui suffit pour comprendre que le cow-boy et son cheval s'étaient enfuis. Un nœud dans le bois avait été poussé (ou peut-être enfoncé par le cheval), laissant un trou de forme ovale, comme l'arche d'un portail, suffisamment grand pour laisser passer un cheval et son cavalier.

Omri regardait autour de lui, éperdu. Tout d'abord il ne vit rien. Il s'agenouilla près du bac à semences, et jeta un œil dans la maison iro quoise. Petit Taureau n'y était pas, le poney non plus.

Soudain un objet minuscule siffla tout près de ses oreilles et rebondit à côté de lui en faisant ping ! Omri tourna la tête et vit une flèche assortie de plumes, de la taille d'une épingle, qui vibrait encore. Petit Taureau lui aurait-il tiré dessus ?

– Petit Taureau, où es-tu ?

Pas de réponse. Mais soudain, un mouvement aussi léger que celui d'une souris effleura le coin de son œil. C'était le cow-boy. Tirant le cheval derrière lui, il courait, tête baissée, d'un pied de chaise à l'autre. Il tenait son revolver d'une main, et de l'autre maintenait son chapeau sur sa tête. Une autre flèche siffla, sans atteindre la caisse cette fois, et vint se perdre dans la moquette, juste devant le cow-boy qui courait. Il s'arrêta, figé, comme mort, sauta en arrière, de façon à être protégé par son cheval, puis tira deux autres coups.

Omri appela une nouvelle fois Petit Taureau. Lui et son poney étaient camouflés derrière un petit tas de vêtements qui devait ressembler à une colline enneigée, mais en fait, c'était la veste d'Omri qu'il avait négligemment laissée là la veille.

Petit Taureau, qui avait trouvé refuge dans la montagne de coton, s'apprêtait à lancer une autre flèche en direction du cow-boy. Il ne pouvait que difficilement rater son but : le pauvre petit homme avait désespérément rampé vers son cheval et parvenait à s'enfuir, quand il se trouva juste dans la trajectoire de l'Indien. Celui-ci banda son arc.

— Petit Taureau, arrête !

La voix d'Omri retentit. Petit Taureau ne s'arrêta pas mais la surprise lui fit manquer son but. La flèche passa au-dessus du cow-boy, emportant son grand chapeau, et vint se planter dans le bord de la chaise.

Cela exaspéra le petit homme qui, oubliant sa peur, se dressa sur ses étriers et hurla :

— Espèce de petite vermine, attends que j't'attrape. J'te vois, Peau-Rouge puant, caché sous un sac de couchage.

Il prit la fuite en direction de la colline, au grand galop. Poussant d'étranges cris de cow-boy, il brandissait son revolver qui, d'après les calculs d'Omri, contenait encore deux balles.

Petit Taureau, l'espace d'un instant, fut surpris. Mais il ne tarda pas à reprendre ses esprits : il sortit une autre flèche de son carquois et banda son arc.

— Petit Taureau, si tu tires, je t'attrape et je t'écrase ! s'écria Omri.

Petit Taureau maintint sa flèche en direction du cavalier qui s'approchait.

— Toi, quoi faire, si lui tire ? demanda-t-il.

— Il ne tirera pas. Regarde-le.

C'était certain, la moquette était trop molle pour permettre de galoper, et, au moment même où Omri prononçait ces paroles, le cheval du cow-boy trébucha et son cavalier voltigea.

Petit Taureau abaissa son arc et éclata de rire. Alors, devant Omri horrifié, il posa son arc contre les plis de la veste, et commença à s'approcher du cow-boy prostré.

— Petit Taureau, tu ne le touches pas, tu entends ?

Petit Taureau s'arrêta.

— Lui tirer sur Petit Taureau. Ennemi blanc. Essayer prendre terre des Indiens. Pourquoi pas tuer ? Mieux mort. Moi agir vite, lui pas sentir, toi voir.

Et il continua à s'approcher. Quand il fut presque arrivé à la hauteur du cow-boy, Omri se jeta sur lui. Bien sûr, il ne l'écrasa pas, mais il le souleva suffisamment haut pour lui faire peur.

— Écoute-moi bien, le cow-boy ne veut pas

prendre ta terre. Il n'a rien à faire avec toi. C'est le cow-boy de Patrick, comme tu es mon Indien. Je l'emmène avec moi à l'école aujourd'hui, comme cela, il ne t'ennuiera plus. Maintenant tu prends ton poney, tu retournes dans ta maison iroquoise et tu le laisses tranquille.

Petit Taureau, assis, les jambes croisées dans la paume de la main d'Omri, eut un regard espiègle.

— Toi emmener lui à l'école ? Place pour apprendre des choses sur ses ancêtres ?

— Oui.

Il croisa ses bras d'un air agressif.

— Pourquoi toi pas emmener Petit Taureau ?

Omri, effrayé à cette idée, ne disait rien.

— Si fou blanc avec visage de couard assez bon pour l'école, chef indien assez bon.

— Cela ne va pas te plaire.

— Si lui aime, moi aime.

— Je ne t'emmène pas. C'est trop risqué.

— Risqué ! Eau de feu ?

— Pas whisky — risqué* — dangereux.

Il n'aurait pas dû dire cela. Petit Taureau écarquilla les yeux.

---

* « Risqué » se dit « risky » en anglais (NDT).

– Aime danger ! Ici trop tranquille. Pas chasser. Pas ennemis, seulement lui, dit-il avec mépris en regardant le cow-boy qui, malgré la douceur du terrain d'atterrissage, venait à peine de se redresser.

– Regarde ! Lui pas bon pour bagarre. Petit Taureau bientôt tuer, scalper, fini. Très bon scalp ! ajouta-t-il, magnanime. Bonne couleur, bon effet sur ceinture.

Omri regarda le cow-boy. Il avait appuyé sa tête rousse contre la selle. On aurait pu croire qu'il allait se remettre à pleurer. Omri eut pitié de lui.

– Tu ne vas pas lui faire de mal, dit-il à l'Indien, parce que je ne te laisserai pas. Et d'ailleurs, c'est un peureux, ce ne serait pas à ton honneur.

Petit Taureau baissa la tête et prit un air maussade.

– Pas dire du scalp sur ceinture qu'il appartient à un homme peureux, toujours dire c'était un brave, dit-il d'un air futé. Laisser moi tuer, et alors moi danser autour du feu de camp, dit-il pour essayer de l'amadouer.

– Non, commença Omri avant de changer de tactique. D'accord, tu le tues. Mais si tu fais ça, je ne t'amène pas de femme.

L'Indien le regarda longuement. Puis il rangea doucement son couteau.

– Pas toucher. Donne parole. Maintenant toi donner parole. Prendre Petit Taureau à l'école. Prendre « place-tique ». Laisser Petit Taureau choisir sa femme.

Omri réfléchit. Il pouvait garder Petit Taureau toute la journée dans sa poche, mais il faudrait qu'il résiste à la tentation de le montrer à ses camarades de classe.

De plus, après l'école, il pouvait l'amener chez Yapp. Les boîtes pleines de figurines en plastique étaient rangées dans un coin, derrière un grand rayonnage. S'il n'y avait pas trop d'enfants dans le magasin, Petit Taureau pourrait jeter un coup d'œil sur les Indiennes avant qu'Omri en achète une, ce qui serait préférable car il risquait d'en choisir une vieille ou une laide sans le savoir. C'était si difficile d'imaginer à quoi leur visage en plastique ressemblerait une fois vivant.

– Entendu, je t'emmène. Mais tu m'obéiras et tu ne feras aucun bruit.

Il le remit dans le bac à semences et poussa gentiment le poney le long de la rampe. Petit Taureau l'attacha au poteau et Omri lui donna un peu plus de nourriture pour rats.

Omri rampa ensuite sur ses mains et ses genoux jusqu'à l'endroit où le cow-boy, pitoyable, était assis sur la moquette ; les rênes de son cheval — qui, lui aussi, semblait trop abattu pour pouvoir bouger — pendaient à son bras.

– Que se passe-t-il ? demanda Omri.

Le petit homme ne leva pas les yeux.

– J'ai perdu mon chapeau, murmura-t-il.

– Ce n'est que ça ?

Omri se dirigea vers la chaise et ôta la flèche — de la taille d'une punaise — qui retenait le chapeau.

– Le voilà, dit-il gentiment, en le posant sur les genoux du cow-boy.

Le cow-boy leva les yeux vers Omri, se redressa et remit son chapeau.

– T'es une drôle d'hallucination !

Il se mit soudain à rire :

– Imagine un peu, t'es en train de remercier ton *delirium tremens*, tout ça parce que t'as récupéré ton chapeau ! J'pige pas ce qui se passe ici. Dis-moi ! T'es vrai, ou c'est seulement c't Indien qui est réel ? Au cas où t'aurais pas remarqué, t'es beaucoup plus grand que lui. C'est pas possible que tu sois un vrai.

– Ce n'est pas grave, ne t'inquiète pas. Comment t'appelles-tu ?

Le cow-boy prit un air embarrassé et baissa la tête.

– Mon nom est Jo, mais les gars m'appellent Jo qui pleure. C'est parce que je pleure trop facilement. J'ai un cœur sensible. Montre-moi quequ'chose de triste, ou fais-moi un peu peur, et les larmes me viennent aux yeux. J'y peux rien.

Omri, qui lui-même avait été un bébé pleurnicheur, ne le considéra pas avec mépris.

– Ça va, tu n'as pas besoin d'avoir peur de moi, ni de l'Indien d'ailleurs. C'est mon ami, et il ne va pas te faire de mal, il me l'a promis. Maintenant, j'aimerais que toi et ton cheval vous retourniez dans la caisse. Je vais recoller le nœud dans le bois, tu te sentiras plus en sécurité. Ensuite, je vais aller te chercher de quoi faire un petit déjeuner.

Jo eut un air réjoui.

– De quoi as-tu envie ?

– Je n'ai pas tellement faim. Du pain, deux steaks et trois ou quatre œufs avec un tas de haricots rouges et du café, bien sûr, c'est tout ce qu'il me faut.

– Tu vas être content, pensa Omri.

10
La trêve du petit déjeuner

Il descendit à pas de loup. La maison était encore endormie. Il décida de préparer le petit déjeuner pour lui, son cow-boy et son Indien. Il était assez bon cuisinier, mais c'étaient surtout les desserts qu'il savait faire. Allons, confiance, il devait bien être capable de faire cuire un œuf. Il n'était pas question de faire cuire des steaks, mais des haricots, ça ne posait pas de problème. Omri posa une poêle sur le gaz et y jeta un morceau de margarine. La graisse se mit à fondre, puis à grésiller Omri cassa un œuf dedans, ou tout au moins essaya. Mais la coquille, au lieu de se casser avec netteté, se fendilla dans sa main et atterrit, mélangée à l'œuf, dans la margarine. Ce n'était pas aussi facile qu'il se l'était imaginé. Laissant cuire la coquille et le reste, il attrapa une boîte de haricots dans le placard et l'ouvrit facilement. Il sortit une casserole et y versa les haricots. Quelques-uns atterrirent dans la poêle et firent mine d'exploser. L'œuf commença à frétiller et la poêle à fumer. Inquiet, Omri éteignit le gaz. Le centre de l'œuf n'était toujours pas cuit ; quant aux haricots, ils étaient froids. L'odeur commençait à l'inquiéter ; il ne voulait pas que sa mère entre. Il versa le tout dans un bol, coupa un bout de pain et remonta dans sa chambre sur la pointe des pieds.

Petit Taureau l'attendait sur le seuil de la porte de sa maison iroquoise, les mains sur les hanches.

– Toi apporter nourriture, dit-il sur le ton autoritaire qu'il empruntait généralement.

– Oui.

– D'abord Petit Taureau vouloir monter à cheval.

– Non, tu vas manger tant que c'est chaud. Je me suis donné assez de mal pour cuire ça pour vous, dit Omri qui soudain s'était mis à parler comme sa mère.

Pris au dépourvu, Petit Taureau éclata d'un rire plutôt forcé et le dévisagea avec mépris.

– Omri cuisinier. Omri femme, dit-il, moqueur.

– Les meilleurs cuisiniers sont des hommes,

rétorqua-t-il. Allons, viens, tu vas déjeuner avec Jo.

Le sourire de Petit Taureau s'évanouit aussitôt.

– C'est qui, Jo ?

– Tu sais bien, c'est le cow-boy !

L'Indien ôta les mains de ses hanches et fit mine d'attraper son couteau.

– Du calme, Petit Taureau, tu vas faire une trêve pour le petit déjeuner, sinon tu n'auras rien.

Le laissant là à méditer, Omri se dirigea vers la caisse où Jo pansait son cheval avec un bout de chiffon qu'il avait trouvé accroché à une écharde. Il avait ôté la selle, mais laissé la bride.

– Jo ! je t'ai apporté quelque chose à manger, dit Omri.

– J'savais bien que j'avais senti une bonne odeur, dit Jo. Vas-y, donne !

Omri lui tendit la main.

– Grimpe.

– Allons donc ! Où est-ce qu'on va maintenant ? On ne peut donc pas rester dans cette boîte, là où on est en sécurité ? geignit Jo.

Mais il grimpa dans la paume d'Omri et s'adossa contre le majeur en rouspétant.

– Tu vas déjeuner avec l'Indien, dit Omri.

Jo se releva si brusquement qu'il faillit tomber à la renverse, et dut se rattraper au pouce.

– Ah! non, j'veux pas, hurla-t-il. Tu vas me redescendre tout de suite, fiston, t'entends? J'vais pas partager mon casse-croûte avec une saleté d'Indien, ce scalpeur à la manque. C'est mon dernier mot!

Ce fut effectivement son dernier mot. Il alla s'asseoir à quelques centimètres de son ennemi sur le bac à semences. Ils se tapirent tous les deux, prêts à bondir si l'autre tentait d'attaquer. Omri posa des œufs et des haricots dans une cuillère qu'il tint entre les deux.

– Sentez, ordonna-t-il. Maintenant vous allez manger ensemble, sinon vous n'aurez rien du tout, il faut vous y faire. Vous vous battrez après, s'il le faut.

Il prit un peu de papier blanc et l'étendit sous la cuillère comme une nappe. Ensuite il brisa quelques miettes de pain et en mit un peu dans chacune de leurs mains. Sans quitter l'autre des yeux, ils s'avancèrent vers l'énorme « bol » qui fumait encore.

Après maintes hésitations, Petit Taureau fut le premier à étendre son bras et à plonger son pain dans l'œuf. Le mouvement brusque surprit tant Jo qu'il poussa un cri et prit la fuite, mais la main d'Omri l'arrêta.

– Ne sois pas stupide, Jo, dit-il avec fermeté.

– Je ne suis pas stupide. Ces Indiens ne sont pas seulement désagréables et sauvages, ils sont sales. Il n'peut pas manger dans le même bol que moi.

– Jo, dit Omri calmement. Petit Taureau n'est pas plus sale que toi. Tu ferais mieux de te regarder.

– Est-ce ma faute ? Quel genre d'hallucination t'es pour me dire que j'suis sale, quand tu ne m'apportes pas d'eau pour me laver ?

C'était un grief justifié, mais Omri n'accepta pas la digression.

– J'irai t'en chercher après le petit déjeuner. Et maintenant, si tu t'obstines à refuser de manger avec l'Indien, je lui dévoile ton surnom.

Le visage du cow-boy se décomposa.

– Ça, c'est vraiment pas juste, grogna-t-il.

Mais la faim eut raison de lui, et, grommelant des injures, il se retourna et s'approcha de la cuillère.

Pendant tout ce temps, Petit Taureau, assis sur la nappe, avec un bout de haricot dans une main, le plat d'œufs dans l'autre, mangeait goulûment. Devant un tel spectacle, Jo ne tarda pas à faire de même, tout en surveillant du coin de l'œil l'Indien, qui de son côté l'ignorait.

– Et le café ? s'écria-t-il après avoir avalé quelques morceaux. J'peux pas commencer la journée sans un bol de jus.

Omri avait complètement oublié le café, mais à vrai dire, il commençait à en avoir assez de se faire mener par le bout du nez par deux petits hommes aussi ingrats. Il s'assit pour manger les restes de nourriture et dit :

– Eh bien ! aujourd'hui, il faudra que tu commences la journée sans café.

Petit Taureau, qui avait terminé, se redressa.

– Maintenant, on va se battre, annonça-t-il en prenant son couteau.

Omri espéra que Jo allait bondir et s'enfuir, mais non. Il restait assis à mâcher le pain et les haricots.

– J'ai pas encore fini, dit-il. J'me bats pas avant d'être repu. Alors, s'il te plaît, le Peau-Rouge, tu t'assieds et tu attends.

Omri rit.

– Un point pour toi, Jo. Du calme, Petit Taureau, n'oublie pas ce que tu m'as promis.

Petit Taureau le menaça du regard, mais il se rassit. Jo mangeait et mangeait encore. C'était difficile de ne pas le soupçonner de manger aussi lentement que possible, afin de retarder le moment où il devrait se battre. A contrecœur, il finit par racler le dernier petit bout d'œuf de la cuillère, frotta ses mains contre son pantalon et se leva. Petit Taureau se redressa aussitôt. Omri se tint prêt à les séparer.

– Écoute, l'Indien, dit Jo, si on s'bat, ce s'ra dans les règles. Un tel mot n'existe probablement pas dans ta langue, mais j'te préviens, c'est avec loyauté, ou rien du tout.

– Petit Taureau se battre dans les règles, tuer et scalper, loyal.

– Tu scalperas personne. A moins que t'y arrives avec tes dents.

Comme réponse, Petit Taureau sortit son couteau qui étincela. Omri, les mains sur les genoux, attendait.

– Ouais ! J'vois le genre. Tu vas pas le garder longtemps. Tu redemandes pourquoi. Parc'que moi, j'en ai pas. J'ai seulement un pistolet, et en plus j'ai plus de balles. Tout c'que j'ai, c'est mes poings, et en plus, mon hallucination.

Il fit un signe en direction d'Omri sans quitter Petit Taureau une seconde des yeux.

– P'têt qu'elle aura pas envie de voir mon scalp pendu à ton espèce de ceinture de Peau-Rouge ! Aussi, si on se bat, ce sera poings contre poings, face à face, homme contre homme. Et, l'Indien, tu m'entends ? pas d'armes. Juste nous deux, et on va voir si un homme blanc peut pas rosser un Peau-Rouge !

Jo fit le tour de la cuillère, jeta son pistolet vide sur le sol, et leva ses poings comme un boxeur. Petit Taureau était stupéfait. Il abaissa son couteau et fixa Jo. Que Petit Taureau ait compris l'étrange langage du cow-boy était improbable, en revanche, il n'avait pu se méprendre sur la signification du geste de l'Indien. Quand Jo commença à sautiller, les poings levés en donnant de petits coups dans sa direction, Petit Taureau devint de plus en plus furieux. Il le menaça de son couteau. Jo recula.

– Eh ! l'Indien, espèce de fourbe ! Tu veux faire intervenir mon hallucination ?

Mais Omri n'eut pas besoin de faire le moindre geste. Petit Taureau avait compris le message. Jetant avec furie son couteau par terre, il se rua sur Jo.

Ce qui suivit ne fut ni une bagarre à coups de poing, ni un match de boxe. Ce fut un pêle-mêle inextricable, un corps à corps. Ils roulèrent sur le sol et les coups de poing, de pied, de tête volèrent tous azimuts. L'espace d'une seconde, Omri crut que Jo allait gagner. En effet, Petit Taureau se laissa faire et Jo, roulant comme un tonneau le long d'une pente, atteignit ses jambes, et, comme une panthère à l'affût, il sauta sur l'Indien, les pieds en avant. Petit Taureau laissa échapper un cri, saisit Jo par les chevilles et le souleva.

Jo attrapa une poignée de terre et la lui jeta en pleine figure. Petit Taureau parvint à se relever et lui courut après, faisant tournoyer ses deux poings comme une hache de guerre, et lui donna un coup redoutable dans l'oreille, ce qui projeta Jo de l'autre côté du bac à semences. Mais au passage, Jo lui décocha un formidable coup de botte dans la poitrine. Ils se retrouvèrent tous les deux par terre. L'instant d'après, ils étaient coincés sous un doigt géant.

– C'est bon, les garçons ! Ça suffit, dit Omri en empruntant le ton de son père, quand il voulait mettre un terme à une bagarre. Match nul ! Maintenant, il faut vous laver pour aller à l'école.

11
L'école

Omri leur apporta un petit coquetier plein d'eau chaude et un petit bout de savon pour qu'ils se lavent. L'Indien et le cow-boy se tenaient de chaque côté. Petit Taureau, torse nu, plongea les bras dans l'eau et, ignorant le savon, se frotta énergiquement avec ses mains mouillées. Il éclaboussait et faisait beaucoup de bruit. Il avait l'air de bien s'amuser.

Pour Jo, c'était une autre histoire. Omri avait déjà remarqué qu'il n'était pas particulièrement attaché à la propreté. En fait, il n'avait pas dû se laver ni se raser depuis des semaines. Il s'approcha doucement de l'eau en regardant Omri comme s'il essayait de savoir s'il pouvait s'en sortir avec une toilette de chat.

– Allons, Jo, enlève cette chemise, tu ne peux pas te laver le cou avec une chemise ! dit Omri qui imitait sa mère.

A contrecœur, Jo, qui grelottait de façon

outrancière, enleva sa chemise à carreaux, mais garda son chapeau.

– Je pense que cela ne ferait pas de mal à tes cheveux de les laver, suggéra Omri.

Jo le regarda.

– Laver mes cheveux? demanda-t-il avec un sourire narquois. Se laver les tifs, c'est bon pour les femmes, pas pour les hommes!

Mais il consentit à se frotter les mains avec le savon, tout en faisant des grimaces hideuses, comme s'il s'agissait d'un objet visqueux. Il se rinça à la hâte en jetant un peu d'eau sur son visage, et attrapa sa chemise, sans même se sécher.

– Jo, dit Omri, en faisant les gros yeux. Regarde Petit Taureau! Tu le traites de sale, mais au moins il se lave consciencieusement. Il faut que tu frottes ton cou, le dessous de tes bras.

Jo le regarda horrifié.

– Sous mes bras!

– Et ta poitrine également. Je ne t'emmène pas à l'école tout transpirant.

– Et toi, ça t'arrive jamais de transpirer quand tu cours? C'est la sueur qui garde un homme propre!

Après l'avoir bien rudoyé, Omri parvint à le convaincre de se laver un peu plus.

– Il faudrait que tu laves tes vêtements de temps à autre également, dit-il.

Mais c'était trop pour Jo.

– Personne ne touchera à mes fringues, c'est comme ça et pas autrement, dit-il. Je ne les ai pas lavées depuis que je les ai achetées. L'eau enlève toutes les choses des bonnes fringues. C'est grâce à la poussière et à la sueur qu'elles me tiennent chaud.

Quand ils furent enfin prêts, Omri les glissa dans sa poche et descendit en courant prendre son petit déjeuner. Il se sentait très excité. Il ne les avait jamais sortis de la maison. Les emmener à l'école était encore plus risqué. Les avoir dans sa poche au petit dejeuner, c'était un petit peu comme un entraînement pour l'école.

Dans cette maison, le petit déjeuner se déroulait rarement bien, car tout le monde était plus ou moins de mauvaise humeur. Ainsi aujourd'hui, Adiel avait égaré son short de football et accusait tout le monde de le lui avoir volé. De plus, sa mère venait de découvrir que Gillon, contrairement à ce qu'il lui avait assuré pour être autorisé à regarder la télévision, n'avait pas terminé ses devoirs. Leur père était grognon, parce qu'il pleuvait encore, alors qu'il aurait voulu jardiner.

– Je suis sûr que je l'ai mis dans le panier à linge sale, dit Adiel d'un air chagrin.

– Si c'est effectivement ce que tu as fait, eh bien, je l'ai lavé, et dans ce cas, il devrait se trouver dans le tiroir du haut, dit leur mère. Mais ce n'est pas vrai, car je ne l'ai pas lavé, et maintenant, écoute-moi bien, Gillon.

– J'ai juste encore un tout petit peu d'histoire, un mini-château à dessiner et un paragraphe ridicule à écrire sur les conseils municipaux, argua Gillon. Je peux le faire à l'école.

– Quel temps de chien ! grommela leur père. Les oignons vont pourrir si je ne les plante pas bientôt.

– Gillon, tu me l'as emprunté, dit Adiel.

– Non, c'est le mien que j'ai.

– En fait, tu m'as menti hier soir, dit leur mère.

– Non, j'ai dit que j'avais presque fini mes devoirs.

– Tu n'as pas parlé de « presque ».

– Tu n'as probablement pas entendu.

– Probablement pas, rétorqua-t-elle.

Omri mangeait ses céréales en silence : souriant à lui-même, il protégeait son secret. Il glissa quelques *corn flakes* dans ses poches.

– Je parie que c'est Omri qui l'a pris, dit soudain Adiel.

Omri leva les yeux.

– Pris quoi ?

– Mon short.

– Que veux-tu que j'en fasse ?

– Tu aurais pu avoir l'idée de t'amuser à le cacher, répondit Adiel.

Cette accusation n'avait rien d'outrageux. En effet, jusqu'à ces derniers temps — quand Adiel ou Gillon s'étaient montrés particulièrement insupportables —, Omri se vengeait en s'emparant de quelque objet précieux qui leur appartenait et qu'il cachait. En ce moment, Omri se sentait très loin de telles gamineries et le prit comme une insulte.

– Ne fais pas l'idiot, dit-il.

– Alors, tu avoues ? dit Adiel triomphant.

– Non.

– Tu es tout rouge, cela prouve que tu es coupable.

– Je te jure que non, dit Omri.

– Il est probablement sous ton lit, suggéra leur mère. Monte jeter un coup d'œil, Adiel.

– J'ai regardé partout.

– Oh ! mon Dieu ! Il commence à grêler maintenant, dit leur père d'un air désespéré. Je me demande si les pommiers en fleurs vont le supporter.

Au milieu des lamentations à la perspective qu'il n'y aurait pas de pommes à l'automne, et des exclamations au sujet de la taille des grêlons, Omri enfila son manteau et courut sous la grêle jusqu'à l'école.

En chemin, il s'arrêta sous un arbre et sortit les petits hommes. Il leur montra à chacun un gros grêlon, qui pour eux devait être de la taille d'un ballon de football.

– Quand on sera à l'école, dit Omri, vous devrez rester couchés dans mes poches, sans faire le moindre geste ni le moindre bruit. Je vous mets chacun dans une poche, car je ne peux pas risquer une bagarre ou même une dispute. Si on vous découvre, je ne sais pas ce qui peut se passer.

– Danger ? demanda Petit Taureau, les yeux pétillants.

– Oui. Pas un danger de mort, mais on risque de vous emporter loin de moi et vous ne retrouverez jamais votre époque.

– Tu veux dire qu'on sortira plus jamais d'ce délire d'alcoolique ? dit Jo.

Petit Taureau le regardait d'un air songeur :
– Et notre temps ? Magie très étrange !

Omri n'était jamais arrivé à l'école avec autant d'appréhension, même les jours de dictée. De plus, il était fébrile. Une fois, il avait emporté une souris blanche dans la poche de sa veste. Il avait envisagé toutes sortes de choses diaboliques : la glisser dans le pantalon de son instituteur, ou dans le cou d'une fille, ou juste la poser par terre et la laisser courir partout, ce qui aurait provoqué la panique dans la classe. (En fait, il n'avait rien osé faire si ce n'est la montrer à ses voisins qui avaient ri bêtement.) Cette fois-ci, il n'avait aucun projet de ce genre. Tout ce qu'il espérait, c'est qu'il atteindrait la fin de la journée sans que personne ne découvre ce qu'il avait dans les poches.

Patrick l'attendait devant la grille de l'école.

– Tu l'as ?

– Oui.

Ses yeux s'écarquillèrent.

– Donne, je le veux.

– D'accord, dit Omri. Mais il faut que tu promettes que tu ne le montreras à personne.

Omri mit sa main dans sa poche droite, prit délicatement Jo entre ses doigts et le tendit à Patrick.

Mais c'est à ce moment précis que les événements se précipitèrent. Deux secondes plus tard,

Lucie, une fille très méchante et qui, au moment de la transaction, jouait sur le terrain de jeux, surgit aux côtés de Patrick.

– Qu'est-ce que tu as là ? Qu'est-ce qu'il t'a donné ? dit-elle d'une voix rauque qui ressemblait à celle d'un corbeau.

Le visage de Patrick s'empourpra.

– Rien, dégage, dit-il.

Soudain Lucie pointa son doigt crochu en direction de Patrick.

– Regardez-le, il rougit. Patrick rougit, se moqua-t-elle.

Plusieurs enfants surgirent à toute vitesse et en un instant Patrick et Omri étaient encerclés.

– Qu'a-t-il ? Je parie que c'est quelque chose d'horrible.

– Je parie que c'est un crapaud visqueux.

– Un petit ver qui se tortille, ou plutôt un scarabée.

– Comme lui.

Omri sentit que le sang commençait à lui monter à la tête. Il avait une envie furieuse de les frapper les uns après les autres, ou mieux, tous ensemble.

Il pensa à Bruce Lee, qui abat des hordes d'ennemis comme des quilles. Il les imagina dévalant les marches de l'escalier, comme des vagues, renversés sous les coups de son poing fulgurant et de son pied volant.

En fait, tout ce qu'il pouvait faire, c'était de maintenir sa main contre sa poche gauche et foncer tête baissée. Il en attrapa un et lui donna un bon coup de tête dans l'estomac, ce qui lui procura une certaine satisfaction. Patrick prit ses jambes à son cou et, à coups de ceinture, ils se frayèrent un chemin à travers le terrain de jeu et les doubles portes qui, heureusement, étaient ouvertes. Une fois à l'intérieur, ils étaient quasiment sauvés. Il y avait des enseignants un peu partout, et les bagarres, les pincements sournois et le chahut étaient exclus. Patrick et Omri ralentirent et se dirigèrent vers leur place. Ils s'assirent en essayant de paraître parfaitement calmes, comme si rien ne s'était passé, pour ne pas attirer l'attention du professeur. Toutefois, leur respiration les trahit.

– Eh ! vous deux, pourquoi soufflez-vous ? Vous avez couru ?

Ils se regardèrent et opinèrent.

– Il y a si longtemps que vous ne vous êtes pas battus, dit-elle en les regardant dans les yeux. Elle s'attendait toujours à ce qu'une bagarre éclate à la moindre occasion.

Aucun des deux garçons ne réussit à travailler durant la matinée. Ils étaient incapables de se concentrer. Jo, et surtout Petit Taureau, ne tenaient plus en place. Jo, plus paresseux, faisait un petit somme dans l'obscurité, mais les sauts qu'il fit en se réveillant rendirent Patrick très nerveux. Petit Taureau, quant à lui, ne cessait de gesticuler.

Ce fut à la fin de la journée — alors qu'ils étaient tous rassemblés dans le hall d'entrée pour écouter le proviseur, M. Martin, qui présentait les projets concernant la fête de fin d'année — que Petit Taureau commença vraiment à s'impatienter, malade et fatigué d'être enfermé. Omri se donna un coup vigoureux sur les hanches, comme si un insecte l'avait piqué. Un instant, il fut assez naïf pour croire qu'une fourmi ou peut-être une guêpe avait pu se glisser dans ses vêtements. Il sentit un nouveau coup, plus fort encore que le premier, suffisamment fort pour qu'il laisse échapper un cri.

– Qui a fait ça ? demanda M. Martin, irrité.

Omri ne répondit pas, mais les filles assises à ses côtés, commencèrent à ricaner et à le regarder.

– C'était toi.

– Oui, je suis désolé, quelque chose m'a piqué.

– Patrick, c'est toi qui as piqué Omri avec un stylo ?

De telles choses se produisaient fréquemment quand les élèves s'ennuyaient durant les réunions.

– Non, M. Martin.

– Bon ! Restez calme quand je parle.

Petit Taureau donna un autre coup, mais cette fois, il laissa son couteau enfoncé car il tenait à faire les choses sérieusement. Omri cria : « Aïe ! » et bondit.

– Omri, Patrick, quittez le préau !

– Mais je n'ai rien fait, protesta Patrick.

– J'ai dit dehors ! hurla M. Martin furieux.

Ils s'en allèrent. Patrick marchait normalement, mais Omri dansait comme une mouche au-dessus d'un fourneau, et criait de douleur à chaque pas, car Petit Taureau maintenait son couteau enfoncé. Les rires fusèrent (M. Martin bouillonnait de colère) jusqu'à ce qu'ils atteignent la porte d'entrée.

Dehors, ils se mirent à courir (plus précisément, Patrick courait et Omri marchait en crabe) jusqu'à l'autre extrémité du terrain de jeux. En chemin, Omri plongea la main dans sa poche, empoigna Petit Taureau et le sortit. Le supplice prit fin.

A l'abri de quelques arbustes, Omri éleva son bourreau à la hauteur de ses yeux et le secoua comme un prunier. Il le traita de tous les noms. Quand il eut épuisé toute la liste d'injures (ce qui prit un certain temps), il dit en sifflant, comme M. Martin avait coutume de le faire :

– Qu'est-ce que cela veut dire ? Comment oses-tu ? Comment as-tu osé planter ton couteau ?

– Petit Taureau oser. Omri garder dans obscurité beaucoup d'heures. Petit Taureau vouloir voir école, toi mentir. Dans obscurité, pas respirer, pas voir. Vouloir m'amuser.

– Je t'avais prévenu que cela ne serait pas drôle, ce n'est pas ma faute si tu m'as obligé à t'emmener ! Maintenant tu m'as mis dans une situation délicate.

Petit Taureau, rétif, le regarda, mais il cessa de crier. Comme une trêve était en bonne voie, Omri aussi se calma un peu.

– Écoute. Je ne peux pas te laisser voir, car tu ne peux pas sortir. Tu n'as aucune idée de ce qui risquerait d'arriver si je le faisais. Si l'un des enfants te voyait, ils se jetteraient tous sur toi et te feraient des misères, tu détesterais cela et, en plus, ce serait probablement très dangereux, ils pourraient te blesser ou même te tuer. Il faut que tu sois sage jusqu'à la fin des cours. Je suis désolé si tu t'ennuies, mais ce n'est pas ma faute.

Petit Taureau réfléchit et exigea quelque chose de tout à fait surprenant :

— Vouloir Jo.

— Quoi, ton ennemi ?

— Mieux ennemi que tout seul dans le noir.

Patrick avait sorti Jo de sa poche. Le petit cow-boy était assis sur sa main. Ils se regardaient fixement.

— Jo, Petit Taureau dit qu'il aimerait être avec toi, il se sent seul et il s'ennuie, dit Omri.

— Alors ça, c'est vraiment dommage, répondit Jo, sarcastique. Après avoir essayé de me tuer, il s'met à geindre sur sa solitude. Écoute, toi le Peau-Rouge, cria-t-il à travers l'abîme qui se dressait entre Omri et Patrick, j'me fous de savoir si t'es seul ou pas. J'm'en fous si tu crèves. J'connais point de bons Indiens, y' a que ceux qui sont morts qu'j'aime, tu m'entends ?

Petit Taureau détourna la tête avec arrogance.

— Je crois qu'il est vraiment seul lui aussi, chuchota Patrick. Il a pleuré.

— Ah ! tu ne vas pas recommencer, dit Omri, franchement, à ton âge !

Ils entendirent la voix du professeur qui les appelait sur le seuil de la porte.

– Venez, vous deux ! On ne vous a pas donné congé pour la journée, vous savez !

– Donne-moi ton couteau, demanda brusquement Omri à Petit Taureau. Ensuite, je pourrai vous laisser ensemble.

Après un petit moment d'hésitation, Petit Taureau lui tendit son couteau. Omri le glissa dans la petite poche de sa chemise qui était vide, là où il avait peu de chances de le perdre. Ensuite, il dit à Patrick :

– Laisse-moi Jo.

– Non.

– Laisse-les-moi au moins pour le prochain cours. Ensuite, au déjeuner, tu pourras les avoir tous les deux. Ils se tiendront compagnie. Ils ne se feront pas mal dans une poche.

A contrecœur, Patrick lui tendit Jo. Omri les tint chacun dans une main, face à face.

– Soyez gentils, tous les deux. Essayez de discuter au lieu de vous disputer. En tout cas, quoi que vous fassiez, ne faites aucun bruit.

Il les glissa tous les deux dans sa poche gauche et, avec Patrick, courut jusqu'au bâtiment de l'école.

12
*Omri et Patrick
se heurtent aux autorités*

Le reste de la matinée se déroula sans incidents. Omri réussit même quelques problèmes d'arithmétique. Quand les premières bouffées du déjeuner commencèrent à embaumer la salle de classe, Omri se félicita lui-même d'avoir eu l'idée de les mettre ensemble. Aucun d'entre eux n'avait poussé le moindre cri, et quand Omri, profitant du fait que son professeur avait le dos tourné, ouvrit sa poche subrepticement et y jeta un coup d'œil, il fut heureux de constater qu'ils étaient assis l'un en face de l'autre, lancés dans une grande discussion. Tous deux gesticulaient, mais il y avait trop de bruit pour qu'Omri perçoive leur petite voix.

L'idée du déjeuner l'inquiétait un peu. Il devrait les séparer et leur glisser quelques miettes. Omri se laissa aller à imaginer la réaction des autres garçons s'il les sortait, comme si de rien n'était, et les asseyait au bord de son assiette. C'était drôle de penser qu'une semaine plus tôt, il aurait pu faire ça sans en mesurer le danger.

La sonnerie tant attendue retentit. Comme d'habitude, ce fut la débandade et Omri se retrouva tout près de Patrick dans la file.

— Allons passe-les-moi, murmura Patrick, alors qu'ils tendaient leur plateau devant les passe-plats.

— Pas maintenant, tout le monde pourrait les voir.

— Tu as dit au déjeuner.

— Après le déjeuner.

— Non, je veux leur donner à manger.

— Bon, tu peux avoir Jo, mais je garde Petit Taureau.

— Tu as dit que je les aurais tous les deux, dit Patrick qui ne chuchotait plus.

Certains, dans la queue, se retournèrent.

— Tu veux pas te taire, dit-il d'une voix sifflante.

— Non, dit Patrick avec force en tendant la main.

Omri se sentit pris au piège.

Furieux, il toisa Patrick du regard et pensa à ce qui arrivait parfois même aux gens les plus gentils, quand ils étaient déterminés à obtenir quelque chose auquel ils n'avaient pas droit.

Omri posa son plateau vide par terre. Il saisit Patrick par le poignet, le fit sortir de la queue et le coinça dans un petit coin de la salle.

– Écoute-moi bien, dit-il en grinçant des dents. S'il arrive quoi que ce soit à Petit Taureau, je te démolis.

Bien sûr, c'était aussi le genre de chose qui arrivait aux gens les plus gentils. Après avoir proféré cette menace, il chercha à tâtons dans sa poche, et sortit les deux petits hommes. Il ne les regarda pas, ne leur dit pas bonjour. Il les posa délicatement dans la main de Patrick et s'en alla.

Il n'avait plus faim mais Patrick, lui, retourna dans la queue, impatient d'obtenir de quoi manger pour nourrir le cow-boy et l'Indien. Omri les regardait de loin. A présent, il regrettait d'avoir, sous le coup de la colère, donné des instructions aussi précises à Patrick, comme de lui avoir dit de les séparer. En y repensant, il se dit que ce n'était peut-être pas une bonne idée de leur donner à manger dans la poche. Qui aimerait manger quelque chose entre deux morceaux de tissu et mêlé à de la poussière et à des peluches ? S'il les avait encore, il les emmènerait dans un endroit secret, les sortirait de façon qu'ils puissent manger proprement. Pourquoi les avait-il emmenés à l'école ? Il régnait ici de terribles dangers. Pris de remords, Omri observa la scène. Patrick avait atteint le passe-plats et pris de quoi déjeuner.

Il essaya de s'asseoir près de la fenêtre, mais une femme de service l'en empêcha et l'obligea à aller au milieu de la cantine. Il était entouré d'autres élèves. C'était impossible, se dit Omri, de se mettre à les nourrir ici.

Il vit Patrick prendre quelques miettes de pain et les glisser dans sa poche. Comme il ne portait pas de veste, les petits hommes se trouvaient dans la poche de ses jeans. Heureusement ces derniers étaient neufs et amples. Mais, tout de même, il dut se lever un peu pour leur glisser des miettes de pain. Quand il était assis, les deux petits hommes, dans sa poche, devaient être bien compressés.

Omri les imagina en train d'essayer de manger, aplatis entre deux bouts de tissus épais. Il pouvait voir que Patrick y songeait également car il fronçait les sourcils, mal à l'aise, et se contorsionnait sur sa chaise. La fille assise à ses côtés lui demanda probablement de cesser de gigoter. Patrick lui fit une réplique cinglante.

Omri retint sa respiration. Si seulement Patrick n'était pas aussi susceptible !

Soudain il sursauta. La fille venait de donner à Patrick un grand coup. Il la repoussa. Elle faillit tomber de la chaise, se redressa, et le poussa à son tour de toutes ses forces, avec ses deux mains. Il fut projeté en arrière et vint heurter le garçon assis de l'autre côté, qui fit un bond, renversant une partie de son déjeuner. Patrick atterrit par terre.

Le sang d'Omri ne fit qu'un tour.

Il fonça à travers la cantine, se frayant un chemin au milieu des tables. Son cœur battait la chamade. Et si Patrick les avait écrasés ? Omri eut une vision terrible ; la poche des jeans de Patrick devait être maculée de sang. Il se ressaisit et chassa cette vision. Quand il arriva, Patrick s'était relevé, mais l'autre garçon, en colère, semblait prêt à se bagarrer. La fille, de son côté, prête à l'étriller.

Omri s'interposa, mais une robuste cantinière l'avait précédé.

– Holà, qu'est-ce qui se passe ici ? demanda-t-elle en le heurtant avec son gros ventre et ses bras vigoureux.

Elle saisit Patrick d'une main, et le garçon de l'autre, les balança à bout de bras en les secouant.

– Pas de bagarre ici, ou je vous envoie directement dans le bureau du proviseur, avant que vous n'ayez le temps de dire ouf! tous autant que vous êtes.

Elle les déposa sur leurs chaises respectives comme s'ils étaient de vulgaires sacs à provisions. Ils étaient tous les deux passablement ébouriffés et rouges. Les yeux d'Omri se posèrent sur la cuisse de Patrick. Pas de sang. Pas de mouvement non plus, mais au moins pas de sang.

Tout le monde se remit à déjeuner quand la robuste cantinière s'en alla en claquant les talons.

Omri se pencha par-dessus le dos de la chaise de Patrick et demanda :

– Ils vont bien ?

– Comment puis-je le savoir ? répondit Patrick d'un air ronchon.

Sa main explora délicatement sa poche. Omri retint sa respiration.

– Oui, ça va, ils bougent, grommela-t-il.

Omri sortit sur le terrain de jeux. Il se sentait trop nerveux pour rester à l'intérieur, à manger, ou à faire quoi que ce soit d'autre. Comment pourrait-il les reprendre à Patrick, qui, visiblement, n'était pas la personne capable de s'en charger ? Aussi gentil était-il comme ami, il n'était pas à la hauteur, car il ne prenait pas les deux petits hommes au sérieux. Il ne semblait pas réaliser que c'étaient des êtres humains.

Quand la sonnerie retentit, Omri n'avait pris encore aucune décision. Il rentra vite à l'école. Patrick n'était visible nulle part. Affolé, Omri le chercha partout. Peut-être était-il allé dans les toilettes, pour être à l'abri des regards indiscrets et leur donner à manger ? Omri y alla, l'appela doucement, mais il n'y eut aucune réponse. Il retourna à sa place dans la classe. Pas de trace de Patrick. Il n'y eut aucun signe de lui, jusqu'à ce qu'il entre alors que la moitié du cours s'était écoulée.

Omri était terriblement inquiet.

A la fin du cours, quand le professeur tourna le dos aux élèves pour écrire au tableau, Patrick traversa précipitamment la classe et se laissa tomber sur sa chaise.

– Mais, bon sang, où étais-tu ? demanda Omri hors d'haleine.

– Dans la salle de musique, répondit Patrick d'un air suffisant.

La salle de musique n'était pas une vraie salle de cours, mais bien plus une niche dans le gymnase où les instruments de musique étaient rangés avec quelques agrès comme le cheval d'arçon.

– Je me suis assis sous le cheval et les ai nourris, grommela-t-il du bout des lèvres, sauf qu'ils n'avaient pas très faim.

– Je m'en doute bien, dit Omri, après tout ce qu'ils ont enduré.

– Les cow-boys et les Indiens sont habitués à être durement traités, rétorqua Patrick. De toute façon, je leur ai laissé un peu de nourriture dans ma poche pour plus tard.

– Ça va s'écraser !

– Et alors ? N'en fais pas trop, ça leur est égal.

– Comment sais-tu ce qu'ils pensent ? protesta vivement Omri qui oublia de parler à voix basse.

Le professeur se retourna.

– Tiens, Patrick, tu es là ? et puis-je me permettre de te demander où tu étais ?

– Désolé, madame Hilton.

– Je ne t'ai pas demandé si tu étais désolé. Je t'ai demandé où tu étais.

Patrick toussa et baissa la tête.

– Aux toilettes, marmonna-t-il.

– Pendant presque vingt minutes ? Je ne te crois pas.

Patrick marmonna quelque chose entre ses dents.

— Patrick, réponds-moi, ou je t'envoie chez le proviseur.

C'était là l'ultime menace.

Le proviseur était sévère, aussi Patrick avoua-t-il.

— J'étais dans la salle de musique, et j'ai oublié l'heure, c'est vrai.

— Et ce n'est pas vrai, ajouta Omri en silence.

Mme Hilton n'était pas idiote. Elle le savait très bien.

— Vous feriez mieux de sortir et d'aller voir M. Johnson, dit-elle. Omri, tu y vas aussi, comme d'habitude. Dites-lui que vous dérangiez le cours et que j'en ai assez.

Ils se levèrent en silence et se frayèrent un chemin à travers les tables, tandis que toutes les filles ricanaient et que les garçons minaudaient ou s'apitoyaient sur leur sort, en fonction du sentiment qu'ils éprouvaient pour eux. Omri regarda Patrick sans lever les yeux. Ils n'y couperaient pas cette fois. Ils s'arrêtèrent devant le bureau du proviseur.

— Tu frappes ? chuchota Omri.

— Non, toi, répondit Patrick.

Ils se chamaillèrent ainsi pendant quelques

minutes, mais c'était inutile de tergiverser, et à la fin ils frappèrent tous les deux.

– Oui, répondit une voix plutôt irascible.

Ils restèrent sur le pas de la porte. M. Johnson était assis à son bureau immense, travaillant sur ses dossiers.

Il leva soudain les yeux.

– Alors, vous deux ? Qu'est-ce qui se passe cette fois ? Vous vous êtes battus sur le terrain de jeux, ou vous avez bavardé en classe ?

– Bavardé, dirent-ils.

Et Patrick ajouta :

– Et j'étais en retard.

– Pourquoi ?

– Pour rien.

– Ne me faites pas perdre mon temps, dit sèchement M. Johnson. Il doit bien y avoir une raison.

– J'étais dans la salle de musique, et j'ai oublié l'heure, répéta Patrick.

– Je ne me souvenais pas que tu étais spécialement musicien. Que faisais-tu dans la salle de musique ?

– Je jouais.

– Quel instrument ? demanda M. Johnson, quelque peu sarcastique.

– Je jouais, simplement.

– Avec quoi, demanda-t-il, tonitruant.

– Avec un... avec...

Il regarda Omri qui lui fit une grimace menaçante.

– Pourquoi prends-tu un tel air, Omri ? On dirait que quelqu'un vient de t'enfoncer un couteau.

Omri commença à avoir le fou rire, ce qui encouragea Patrick à poursuivre.

– C'est exactement ça, bredouilla Patrick.

M. Johnson était de méchante humeur. Il avait un air terriblement menaçant.

– De quoi parlez-vous, bougres d'imbéciles ? Cessez de ricaner !

Les gloussements de Patrick empiraient. S'ils n'avaient pas été dans le bureau du proviseur, Patrick aurait éclaté de rire.

– Quelqu'un m'a enfoncé un couteau ! hoqueta Patrick avant d'ajouter : un tout petit.

Il dit cela sur un ton pleurnichard.

Omri avait cessé de ricaner et regardait Patrick d'un air très inquiet au sujet de ce qui allait se passer. Quand Patrick était dans cet état, il était capable de dire n'importe quoi, comme quelqu'un qui est saoul. Il lui prit le bras et le secoua violemment.

– Tais-toi ! siffla-t-il.

M. Johnson se leva doucement et fit le tour de son bureau. Les deux garçons reculèrent d'un pas, mais Patrick continua à glousser. Il avait l'air totalement désemparé. M. Johnson surgit devant lui et l'attrapa par l'épaule.

— Maintenant, écoute-moi bien, mon garçon, dit-il, redoutable. Je veux que tu te ressaisisses et que tu me dises ce que tu entendais par là. Si, dans cette école, un élève s'oublie au point de piquer les autres avec un couteau, ou même prétend le faire, il faut que je le sache ! Maintenant, dis-moi qui c'est ?

— Petit Taureau ! cria-t-il d'une voix aiguë.

Des larmes perlaient le long de ses joues.

Omri suffoqua.

— Arrête !

— Qui ? demanda M. Johnson, perplexe.

Patrick ne répondit rien. Il ne pouvait pas. Il était interdit, il pouffait nerveusement.

M. Johnson le secoua, ce qui le fit basculer d'arrière en avant comme les jouets musicaux qui ne tombent jamais. Ensuite, brusquement, il le lâcha et retourna à son bureau.

— Tu as l'air assez troublé, dit-il, sévère. Je pense que la seule chose qu'il me reste à faire est de téléphoner à ton père.

Patrick s'arrêta de rire aussitôt.

— Ça a l'air d'aller mieux, dit M. Johnson. Maintenant, dis-moi qui a piqué Omri.

Patrick ne faisait aucun bruit, comme un soldat au garde-à-vous. Il ne regardait pas Omri, mais M. Johnson, droit dans les yeux.

— Je veux la vérité, Patrick et je la veux maintenant.

— Petit Taureau, dit Patrick distinctement et beaucoup plus fort que cela n'était nécessaire.

— Comment ?

— Petit Taureau.

M. Johnson avait l'air décontenancé.

— Est-ce le surnom de quelqu'un ou ton sens de la plaisanterie ?

Patrick hocha la tête. Omri le regardait fixement comme s'il était paralysé. Était-il sur le point de tout raconter ? Il savait que Patrick avait peur de son père.

— Patrick, encore une fois, qui est ce Petit taureau ?

Patrick ouvrit la bouche. Omri serrait les dents. Il restait interdit. Patrick dit :

— C'est un Indien.

— Un quoi ? demanda M. Johnson.

Sa voix était devenue très calme. Il n'avait plus l'air du tout irrité.

— Un Indien.

M. Johnson le regarda de façon soutenue pendant quelques instants, son menton dans les mains.

– Ce n'est pas un mensonge, cria soudain Patrick, ce qui fit sursauter Omri et M. Johnson. Ce n'est pas un mensonge. C'est un vrai Indien, vivant.

A la grande horreur d'Omri, il vit que Patrick allait se mettre à pleurer. M. Johnson s'en aperçut aussi. Ce n'était pas un méchant homme. Un bon proviseur devait être capable de faire peur aux enfants, si cela était nécessaire, mais M. Johnson n'éprouvait aucun plaisir à les faire pleurer.

– Arrête, Patrick, pas ça, dit-il d'un ton bourru.

Mais Patrick se méprit sur ses paroles. Il crut qu'il disait encore qu'il ne le croyait pas.

Il prononça alors les paroles qu'Omri redoutait le plus.

– C'est vrai, et je peux le prouver.

Sa main se dirigea vers sa poche.

Omri fit la seule chose qui lui restait à faire. Il bondit sur lui et le renversa. Il s'assit sur sa poitrine et planta ses mains sur le sol.

– Si tu oses, siffla-t-il entre ses dents...

Mais M. Johnson parvint à le soulever.

— Sors d'ici ! vociféra-t-il.
— Non.
Omri était sur le point de pleurer de désespoir.
— Dehors !
Il se sentit saisi au collet et fut presque soulevé de terre. La première chose qu'il réalisa, c'était qu'il était dehors, devant la porte. Il entendit la clé tourner, se projeta contre la porte et tambourina à coups de poing.
— Ne le montre pas, Patrick, ne le montre pas. Je te tue si tu le montres ! cria-t-il de toutes ses forces.
Des bruits de pas pressés se firent entendre. A travers ses larmes, Omri vit Mme Hunt, la vieille secrétaire du proviseur, se précipiter sur lui. Il parvint à donner deux bons coups de pied et à crier ; bientôt elle l'agrippa, les bras serrant sa poitrine, et le porta malgré ses coups et ses cris jusqu'à son petit bureau. Dès qu'elle le laissa remettre pied à terre, il essaya de déguerpir, mais elle tint bon.
— Omri, Omri, arrête, calme-toi, quelle que soit la raison de ta colère, vilain garnement !
— S'il vous plaît, ne le laissez pas. Allez-y et arrêtez-le, cria Omri.
— Qui ? comment ?

Avant qu'Omri ait pu expliquer quoi que ce soit, il entendit les bruits de pas qui venaient de l'autre pièce. Soudain M. Johnson surgit, il tenait Patrick par le coude. Le visage du proviseur était livide et sa bouche était entrouverte. Patrick avait la tête baissée et les épaules tombantes. Un seul regard et Omri sut que le pire s'était produit. Patrick l'avait montré au proviseur.

13
Omri se fait traiter de voleur

M. Johnson ouvrit et ferma la bouche quelques secondes sans qu'aucun son ne sorte. Il finit par croasser :

– Madame Hunt... Je suis désolé, je ne me sens pas bien... Je rentre chez moi me coucher... Pourriez-vous vous occuper de cet enfant ?...

Il marmonnait comme un vieil homme. Omri entendit juste : « ...retourner à leurs cours ».

Ensuite, M. Johnson lâcha le bras de Patrick, se retourna, marcha en titubant jusqu'à la porte contre laquelle il s'appuya et vacilla, comme s'il allait tomber.

– Monsieur Johnson, dit Mme Hunt, choquée. Dois-je appeler un taxi ?

– Non... Non... ça va aller...

Et le proviseur, sans regarder derrière lui, sortit dans le couloir, d'un pas mal assuré.

– Alors, s'écria Mme Hunt. Qu'avez-vous donc fait à ce pauvre homme ?

Aucun d'eux ne répondit. Omri regardait fixement Patrick, ou plutôt sa poche. Patrick avait les épaules basses et il ne regardait personne. Apparemment, Mme Hunt était réduite à *quia*.

— Bon, vous feriez mieux d'aller aux toilettes vous débarbouiller tous les deux, et de retourner dans votre classe le plus vite possible, dit-elle avec son air démodé. Allez, vite, au pas de course.

Ils n'eurent pas besoin qu'on le leur dise deux fois. Aucun des deux ne dit mot avant d'être dans les toilettes des garçons. Patrick se dirigea directement vers un lavabo et fit couler l'eau froide. Il s'éclaboussa un peu et mouilla son col. Omri le regardait. Il semblait aussi en colère que Patrick, si ce n'est plus. Là encore, Omri sentit que leur amitié était sur le point de se rompre. Il respira profondément.

— Tu lui as montré, dit-il d'une voix tremblante.

Patrick ne répondit rien. Il se sécha le visage à l'aide d'une serviette. Il respirait par secousses, comme quelqu'un qui vient de pleurer.

— Rends-les-moi tous les deux.

Patrick mit doucement la main dans sa

poche. Il retira sa main fermée. Omri regarda ses doigts s'ouvrir doucement. Petit Taureau et Jo étaient assis, absolument terrifiés. Ils se cramponnaient l'un à l'autre. Même Petit Taureau protégeait son visage. Tous les deux tremblaient.

Avec une infinie précaution, de façon à ne pas les effrayer un peu plus, Omri les prit dans sa main.

– Tout va bien, chuchota-t-il, en les approchant de ses yeux. Je vous assure, ça va.

Il les glissa doucement dans sa poche.

– Espèce d'idiot.

Patrick se retourna. Omri éprouva un choc encore plus violent que celui qu'il avait eu devant celui de M. Johnson. Le visage de Patrick était marbré de rouge, ses yeux gonflés.

– J'étais obligé de le faire, s'écria-t-il. Il le fallait, sinon il aurait appelé mon père. Ils m'auraient fait parler. De toute façon, il n'y a pas cru. Pour lui, c'était une hallucination ; il est resté planté comme un ahuri. Il ne les a même pas touchés. Quand ils firent un mouvement, il poussa un cri et j'ai cru qu'il allait s'évanouir. Il est devenu blanc comme un linge. Il n'en croyait pas ses yeux, Omri, c'est vrai. Il croira qu'il a rêvé.

Omri continuait à le regarder d'un air glacial.

— Je ne peux pas avoir Jo ? demanda Patrick d'une petite voix.

— Non.

— Je t'en prie, je suis désolé d'avoir parlé, mais j'étais obligé.

— Ils ne sont pas en sécurité avec toi, tu les utilises. Ce sont des êtres humains. Tu n'as pas le droit de t'en servir comme tu le fais.

Patrick ne récidiva pas. Il eut quelques sanglots et sortit.

Omri ressortit les petits hommes qu'il éleva à la hauteur de ses yeux. Jo était couché sur le ventre, il avait rabattu son chapeau sur ses oreilles, comme s'il essayait de s'exclure du monde. Petit Taureau se leva.

— Grand homme crier. Faire peur, dit-il en colère. Petites oreilles, grand bruit — pas bon !

— Je sais, je suis désolé, dit Omri. Mais à présent tout va bien. Je vais vous ramener à la maison.

— Et femme ?

Sa promesse ! Omri l'avait complètement oubliée. Un autre Indien ! Une autre personne vivante, et donc encore du tracas...

Omri avait entendu parler de gens dont les cheveux devenaient gris durant la nuit, quand ils se faisaient trop de souci. Il sentit que cela pourrait facilement lui arriver. Il repensa à l'époque — c'était il y avait à peine quelques jours — où tout avait commencé et où il s'était figuré naïvement que ce serait la chose la plus amusante que quelqu'un n'ait jamais vécue. Il réalisait à présent que cela relevait plutôt du cauchemar. Mais Petit Taureau le regardait défiant. Il avait promis.

— Juste après l'école, dit-il, nous allons au magasin.

Il y avait encore quelques heures à endurer. Heureusement, c'était le cours de dessin et, dans la salle de dessin, on pouvait se mettre dans un coin et même s'asseoir le dos tourné au professeur si on en avait envie. Omri se réfugia dans le coin le plus éloigné et le plus sombre.

— Omri, n'essaie pas de dessiner ici, dit le professeur. Tu es à contre-jour, c'est mauvais pour les yeux.

— De toute façon, je vais dessiner quelque chose de gigantesque, dit Omri.

Tous les autres étaient assis à côté des grandes fenêtres. Si le professeur devait approcher, il entendrait ses pieds sur le sol dénudé. Il sentit brusquement qu'il fallait en tirer un amusement quelconque.

Il attrapa précautionneusement Petit Taureau et Jo. Tous les deux se tenaient sur la feuille de papier à dessin blanc, comme s'il s'agissait d'une étendue de neige, qu'ils regardaient, éberlués.

– Ça école ? demanda Petit Taureau.

– Oui, chut !

– Pour sûr, ça ressemble pas à l'école où j'suis allé ! s'exclama Jo. Elles sont où, les rangées de bureaux ? Et les ardoises et les bouts d'craies ? Pourquoi le professeur, y cause pas ?

– En cours de dessin, on peut s'asseoir où on veut. Elle ne parle pas beaucoup, elle nous laisse faire, rétorqua Omri en chuchotant le plus bas possible.

– Dessin ? demanda Jo. Ses yeux brillèrent. C'était ma meilleure matière ! J'étais toujours le premier en dessin. C'était la seule chose où j'étais bon. J'dessine encore, quand j'ai la chance d'être tout seul et qu'y a personne pour se moquer de moi.

Il fouilla dans ses poches d'où il sortit un bout de crayon presque trop petit pour qu'on le voie à l'œil nu.

– Ça t'ennuie pas si j'dessine un peu sur ton papier ? demanda-t-il.

Omri acquiesça. Jo se dirigea vers le centre

de la page, contempla la blancheur du papier qui s'étendait à perte de vue et laissa échapper un profond soupir de satisfaction. Il s'agenouilla et commença à dessiner.

Petit Taureau et Omri regardaient. Du crayon presque microscopique de Jo avait surgi une scène tout à fait étonnante. C'était un paysage de prairie, avec des collines et des cactus et quelques touffes d'armoise d'Amérique. Jo, en quelques traits sûrs, esquissa des bâtiments en bois, comme ceux qu'Omri avait souvent vus dans les westerns — un saloon avec une enseigne qui se balance au gré du vent, écrite avec des fioritures : « Saloon au dollar en or », un bureau de poste et un bazar, une écurie de chevaux de louage et une maison en pierre avec une fenêtre à barreaux et l'inscription « Prison ».

Ensuite, parcourant rapidement la feuille, comme s'il allait d'une extrémité à l'autre, Jo dessina au premier plan des silhouettes d'hommes et de femmes, des chariots, des chevaux, des chèvres et tous les éléments d'une petite ville. De son point de vue, Jo dessinait quelque chose d'assez grand, utilisant le mieux qui soit la vaste feuille de papier. Pour Omri, le dessin était minuscule. Les détails, extrêmement minutieux, n'auraient jamais pu être dessinés par un homme. Lui et Petit Taureau regardaient, fascinés.

— Jo, tu es un artiste, dit Omri avec un soupir d'admiration en regardant la boue imitée par Jo dans une rue non pavée.

Petit Taureau grogna.

— Mais ça pas être comme les vraies villes, dit-il.

Jo ne se donna pas la peine de répondre ; il était tellement absorbé qu'il n'avait probablement pas entendu. Mais le visage d'Omri se rembrunit car il comprit bientôt que la ville de Jo appartenait à une Amérique qui n'existait pas encore à l'époque de Petit Taureau.

— Jo, chuchota-t-il en penchant sa tête vers lui. C'est en quelle année, ta ville ?

— La dernière fois que j'ai vu un journal, c'était en 1889, répondit Jo. Voilà, c'est mon dessin, pas mal, non ?

— C'est absolument fantastique, dit Omri, ensorcelé.

— Omri !

Omri sursauta. Instantanément ses deux mains vinrent se poser sur les deux hommes.

De l'autre extrémité de la salle, le professeur cria :

— Je vois qu'il n'y a aucun moyen de t'empêcher de bavarder. Tu bavardes même quand tu es seul ! Apporte-moi ton dessin !

Omri hésita un instant. Mais c'était une trop belle occasion de s'amuser. Il glissa les petits hommes dans sa poche et prit la feuille de papier. Pour une fois, il avait cessé de se tracasser. Il s'amusait. Il apporta le dessin de Jo au professeur et le lui donna innocemment.

Ce qui se passa contrebalança assez bien tous les soucis et l'anxiété que les petits hommes lui avaient occasionnés. Elle y jeta un coup d'œil. A première vue, le dessin au centre de la page avait simplement l'air d'un gribouillis ou d'une tache.

— Je croyais t'avoir entendu dire que tu allais dessiner quelque chose de grand, dit-elle en riant. Ce n'est pas plus grand qu'un...

Elle revint au dessin qu'elle se mit à regarder fixement, interloquée, pendant quelques minutes. Omri sentait monter en lui un fou rire qu'il ne pouvait contrôler que difficilement. D'un bond, le professeur, juché derrière son bureau, se redressa et se dirigea vers un placard. Omri ne fut pas surpris de la voir revenir avec une loupe dans la main.

Elle posa la feuille de papier bien à plat sur

une table et se pencha, soupesant la loupe. Elle examina le dessin un moment. Son visage était impressionnant. Quelques-uns des enfants qui se tenaient tout près sentaient qu'il se passait quelque chose d'extraordinaire et allongeaient le cou pour regarder ce que le professeur observait si attentivement. Omri se tenait là avec le même sourire innocent, il attendait, il sentait le rire le gagner doucement. C'était drôle. C'était exactement ce qu'il s'était imaginé.

Le professeur le regarda. Son visage n'était pas aussi abasourdi que celui de M. Johnson, mais c'était l'expression parfaite de la confusion.

— Omri, dit-elle, veux-tu m'expliquer comment tu as fait ?

— J'aime bien les petits dessins, répondit Omri sans mentir.

— Petit, ce n'est pas petit, c'est minuscule, infiniment petit, microscopique.

A chaque mot, sa voix s'amplifiait. Quelques enfants s'étaient maintenant levés et rassemblés autour de la feuille, et, stupéfaits, scrutaient le dessin. Des exclamations de surprise fusaient de toutes parts. Omri se retenait pour ne pas éclater de rire.

— Montre-moi, dit-elle, le crayon que tu as utilisé.

Cela déconcerta Omri, mais juste une seconde.

– Je l'ai laissé là-bas. Je vais le chercher, dit-il vivement.

Il retourna à sa table, la main dans la poche. De dos, il se pencha un peu en avant, comme s'il fouillait sur sa table. Puis il se retourna, souriant. Il tenait quelque chose dans sa main ouverte. Il revint vers le bureau du professeur.

– Le voilà, dit-il en tendant sa main.

Tout le monde se pencha. Le professeur de dessin prit sa main et la tira à elle.

– Te moquerais-tu de moi, Omri ? Il n'y a rien ici.

Elle regarda tellement près qu'il put sentir le souffle de sa respiration contre sa main.

– Ne soufflez pas trop fort, dit Omri qui pouffait presque de rire. Il va s'envoler. Vous le verrez sans doute mieux à travers la loupe, ajouta-t-il gentiment.

Elle positionna lentement la loupe et regarda à travers.

– Je peux voir ? On peut voir ? Je peux le voir ? réclamaient les enfants à grands cris — tous, excepté Patrick.

Il était assis tout seul et ne prêtait pas attention à la foule qui entourait Omri.

Le professeur de dessin leva la loupe. Elle était sidérée.

– Incroyable.

– Pourtant, il est là.

– Comment l'as-tu ramassé ?

– Eh bien, c'est une méthode secrète.

– Oui, dit-elle, oui, ce doit être ça, et tu n'as pas envie de nous la dévoiler.

– Non, répondit Omri d'une voix tremblante.

Il était à deux doigts d'éclater de rire.

– Puis-je aller aux toilettes ?

– Oui, dit-elle, abasourdie. Vas-y.

Il remit à sa place le dessin et se dirigea d'un pas mal assuré vers la porte. Il réussit à sortir avant d'éclater de rire. Il riait si fort qu'il dut courir vers le terrain de jeux. Plié en deux, il rit à tel point qu'il se sentit un peu faible. La tête du professeur ! Il ne s'était jamais autant amusé.

La cloche retentit ; c'était la fin des cours. Omri sortit les deux petits hommes.

– Les gars, dit-il (après tout, ils étaient tous deux Américains), je me suis bien amusé, merci. Maintenant on va au magasin.

Omri courut tout le long jusque chez Yapp et arriva avant que la plupart des enfants aient même quitté l'école. Dans dix minutes, le magasin serait plein d'enfants qui achèteraient des chips, des bonbons, des figurines et des bandes dessinées. Il avait quelques minutes de répit et il fallait qu'il les emploie à bon escient.

Il se dirigea directement vers l'endroit où se trouvaient les boîtes de figurines en plastique et s'adossa contre le comptoir principal. Il posa Jo et Petit Taureau parmi les figurines de cow-boys et d'Indiens. Mais il avait oublié que Jo était une nature sensible.

– Mon Dieu, regarde tous ces cadavres, cria-t-il en cachant ses yeux. Y a dû avoir un massacre !

– Pas morts, s'exclama Petit Taureau avec mépris, place-tique. (Il donna un coup de pied à l'un des cow-boys.) Trop nombreux, dit-il à Omri. Toi trouver femme, moi choisir.

– Il faut que tu te dépêches, dit doucement Omri.

Il avait déjà farfouillé dans la boîte et sélectionné les Indiennes. Elles étaient peu nombreuses. Parmi les cinq qu'il trouva, une était visiblement vieille, deux portaient des bébés sur leur dos, empaquetés avec des lacets, comme ceux des chaussures.

– Je suppose que tu n'as pas particulièrement envie d'une femme avec un bébé ?

Petit Taureau le regarda avec un œil noir.

– Non, je savais bien, dit-il promptement. Et celles-là ?

Il plaça les deux autres figurines sur le coin de la table. Petit Taureau sauta et les regarda. Il en détailla une avec attention, puis l'autre. Pour Omri elles étaient pareilles. La seule différence, c'était que la première portait une robe jaune, la seconde une bleue. Elles avaient toutes deux une tresse noire, un bandeau assorti d'une seule plume et aux pieds, des mocassins.

Petit Taureau leva les yeux. Il avait l'air terriblement déçu.

– Pas bon, dit-il. Elle de ma tribu, tabou. Elle laide. Chef doit avoir belle femme.

– Mais il n'y en a pas d'autres.

– Plein de place-tiques. Toi regarder bien, trouver autres !

Omri fouilla frénétiquement dans le fond de la boîte. Les enfants commençaient à entrer.

Il allait presque renoncer, quand il l'aperçut. Elle était couchée, le visage contre le fond de la boîte, camouflée par deux cow-boys à cheval. Il la dégagea. Elle ressemblait aux autres — apparemment — sauf qu'elle portait une robe rouge. Elles provenaient visiblement toutes du même moule, car elles étaient toutes dans la même position, comme si elles marchaient. Si les autres étaient laides, celle-là devait l'être aussi.

Sans grand espoir, il la mit aux côtés de Petit Taureau qui la regarda fixement. A présent, il y avait beaucoup de monde dans le magasin. D'un moment à l'autre, quelqu'un risquait de surgir derrière lui pour choisir une figurine en plastique.

– Alors ? demanda Omri qui s'impatientait.

Petit Taureau prit encore cinq secondes pour la regarder. Ensuite, sans dire un mot, il approuva de la tête. Omri n'attendit pas qu'il change d'avis. Il l'attrapa ainsi que Jo, les remit dans sa poche, ramassa la figurine qui avait été sélectionnée, et se dirigea vers la caisse.

– Une seule, s'il vous plaît.

Yapp le regardait d'un regard très étrange.

– Tu es sûr que tu n'en veux qu'une ? demanda-t-il.

– Oui.

Yapp prit la figurine en plastique, la mit dans un sac et la tendit à Omri.

— Un franc.

Omri paya et quitta le magasin.

Soudain, il sentit une main sur son épaule. Il se retourna vivement. C'était Yapp. Il était rouge de colère.

– A présent tu peux sortir les deux que tu m'as volées.

Omri en était tout pantois.

– Je n'ai rien volé !

– Ce n'est pas la peine d'aggraver ton cas, mon garçon. Je t'ai vu les mettre dans ta poche, un cow-boy et un Indien.

Omri était bouche bée. Il se sentit défaillir.

– Je n'ai pas volé, essaya-t-il de dire, mais aucun mot ne sortit de sa bouche.

– Retourne tes poches !

– Ce sont les miens, réussit-il à dire d'une voix entrecoupée de hoquets.

– Quelle histoire abracadabrante. Et je suppose que tu les as apportés pour qu'ils t'aident à choisir le nouveau.

– Oui.

– Ha ! ha ! ha ! dit-il avec force. Allons, viens, arrête de te moquer de moi. Je perds chaque année des milliers de francs à cause de vous, espèces de petits voleurs. Je n'ai pas l'intention de laisser passer ça. Je sais ce qui se passera si je te laisse partir, tu iras t'en vanter auprès de tes petits copains à l'école, et raconter à quel point c'est facile de voler, et tu reviendras probablement demain pour te remplir encore les poches !

A présent, Omri luttait contre les larmes. Une foule d'enfants s'étaient assemblés, un peu comme la foule pendant le cours de dessin. Il s'agissait, pour certains, des mêmes élèves, mais ce n'était plus un sentiment aussi agréable. S'il avait pu mourir ou disparaître !

— Tu ne m'auras pas par les pleurs, cria Yapp. Rends-les-moi tout de suite, où j'appelle la police.

En un éclair Patrick était à côté de lui.

— Ce sont les siens, dit-il. Je sais que ce sont les siens, parce qu'il me les a montrés à l'école. Un cow-boy avec un chapeau (mou à larges bords) blanc et un Indien avec une parure de chef. Il m'a dit qu'il allait en acheter un autre. Omri n'est pas un voleur.

Yapp lâcha Omri du regard pour se tourner vers Patrick. Il le connaissait assez bien, car de temps en temps, le frère de l'enfant livrait les journaux.

— Tu témoigneras en sa faveur, alors ?

— Bien sûr que je le ferai, dit-il avec fermeté. Je vous le répète, je les ai vus tous les deux cet après-midi.

Mais le commerçant n'était pas convaincu.

— Voyons s'ils correspondent à ta description, dit-il.

Omri, qui regardait Patrick comme s'il s'agissait d'une apparition miraculeuse, sentit son estomac se nouer. Mais il eut une idée, et même s'il n'avait pas beaucoup de chances de s'en sortir, c'était la seule solution envisageable. Il mit ses deux mains dans les poches. Ensuite il sortit doucement une main fermée, que tout le monde regardait, mais elle était vide. Il colla l'autre main à sa bouche, comme s'il allait éternuer et chuchota :

– Restez allongés, ne bougez pas — plastique !

Ensuite, solennellement, il l'ouvrit.

Les deux hommes simulaient magnifiquement. Ils étaient couchés là, côte à côte, rigides, aussi peu vivants que des figurines en plastique peuvent l'être. Il donna à Yapp juste assez de temps pour regarder si leurs vêtements correspondaient à la description de Patrick et referma ses doigts.

Yapp grogna :

– De toute façon, ils ne viennent pas de mon magasin. Tous mes chefs indiens sont assis et cette sorte de cow-boy est toujours à cheval. Tu veux bien m'excuser, mais tu admettras que cela avait l'air suspect.

Omri eut un sourire contraint. La foule se

dispersa. Yapp retourna dans le magasin. Omri et Patrick se retrouvèrent seuls sur le trottoir.

– Merci, dit Omri.

On aurait dit un croassement de grenouille.

– Allons! prenez un bonbon!

Ils eurent chacun un bonbon et s'en allèrent côte à côte.

Ils se lancèrent un petit sourire.

– Donnons-leur-en un peu.

Ils s'arrêtèrent, les sortirent et leur donnèrent à chacun un peu du chocolat qui enrobait le bonbon.

– C'est une récompense, dit Patrick, pour avoir joué les morts.

Naturellement Petit Taureau demanda à savoir ce qui s'était passé et les garçons expliquèrent aussi bien qu'ils le purent. Petit Taureau était assez intrigué.

– Homme dire qu'Omri voler Petit Taureau.

– Oui.

– Et Jo?

Omri opina.

– Omri fou pour voler Jo, s'écria Petit Taureau en riant.

Jo, qui se gavait de chocolat, lui lança un regard peu aimable.

– Où est femme ? demanda Petit Taureau, avide.

– Je l'ai là.

– Quand faire vrai ?

– Ce soir.

Patrick le regarda avec convoitise. Mais il ne dit rien. Ils continuèrent à marcher. Ils étaient à proximité de chez Omri. Omri réfléchissait. Quelques instants plus tard, il dit :

– Patrick, pourquoi tu ne resterais pas ce soir ?

Le visage de Patrick s'épanouit en un large sourire.

– Je peux ? Et voir...

– Oui.

– Oh ! Merci !

Ils coururent le reste du chemin.

14
La flèche fatidique

Les frères d'Omri étaient assis à la table autour d'un thé quand les deux garçons pénétrèrent dans la maison.

– Salut! Qu'est-ce qu'il y a pour goûter? demanda automatiquement Omri.

Gillon et Adiel ne répondirent pas. Adiel avait un drôle de sourire affecté qu'Omri remarqua à peine.

– On se fait un sandwich et on le mange en haut, suggéra-t-il à Patrick.

Ils étalèrent un peu de beurre de cacahuètes, se versèrent du lait dans une tasse et se ruèrent en haut dans la chambre d'Omri, en chuchotant.

– Combien de temps cela va prendre?
– Simplement quelques minutes.
– Je peux assister à la transformation?
– Attends que nous soyons en haut.

Omri ouvrit la porte et s'arrêta comme mort. Le placard blanc à pharmacie avait disparu.

— Où... Où est-il ? dit Patrick interloqué.

Omri se taisait. Il virevolta et descendit à toute allure, avec Patrick derrière lui.

— Bon, ça va. Où l'avez-vous caché ? cria-t-il, à peine avait-il mis le pied dans la cuisine.

— Je ne sais pas de quoi tu parles, répondit Adiel d'un air fier.

— Oui, vous savez très bien. Vous avez piqué mon placard.

— En supposant que je l'aie fait. C'était seulement pour te donner une leçon. Tu piques toujours mes affaires pour les cacher. A présent, tu peux voir à quel point ça n'est pas drôle.

— J'aimerais bien savoir quand je t'ai pris tes affaires pour la dernière fois ? Cite-moi une seule chose que j'aurais prise le mois dernier.

— Mon short de football, dit Adiel promptement.

— Je n'ai jamais touché à ton foutu short. Je te l'ai déjà juré.

— Aujourd'hui encore, je n'ai pas pu faire du sport parce que je ne l'avais pas, et j'ai été consigné à cause de ça, alors tu peux t'estimer heureux si je ne frappe pas, c'est donnant, donnant, dit Adiel avec un calme exaspérant.

Omri était tellement furieux qu'il se demanda un instant s'il ne devrait pas le battre. Mais Adiel était très grand et très fort et c'était peine perdue. Aussi, après avoir regardé Adiel d'un œil haineux, Omri se retourna et se précipita en haut. Au passage, il faillit renverser Patrick.

– Qu'est-ce que tu fais ?
– Eh bien ! je vais le chercher !

Il fouilla la chambre d'Adiel de fond en comble comme un fou, quand Adiel, qui montait lentement l'escalier pour aller faire ses devoirs, entendit le vacarme et arriva en courant.

Il resta dans le couloir à regarder la pagaille, tiroirs renversés, placards vidés et meubles de guingois.

– Espèce de petit salopard, hurla-t-il en se précipitant sur Omri.

Omri se retrouva par terre avec Adiel sur lui.

– Je déchire tout si tu ne me le rends pas, cria-t-il par saccades pendant qu'Adiel le secouait et lui donnait des coups de poing.

– Alors, rends-moi mon short.
– Je n'ai pas ton fichu short ! cria Omri.
– Est-ce que c'est lui ? dit une petite voix dans le fond.

Adiel et Omri arrêtèrent de se battre et Adiel,

à califourchon, tourna la tête pour voir. Patrick soulevait un objet froissé bleu marine de derrière le radiateur. Omri sentit la colère quitter Adiel.

– Oh! oui, c'est lui. Comment a-t-il pu atterrir là?

Omri savait parfaitement comment cela avait pu se produire : Adiel avait dû le poser sur le radiateur pour qu'il sèche, et il était tombé de l'autre côté.

Adiel prit un air penaud. Il aida même Omri à se relever.

– Bon! Mais tu m'as tout de même caché des choses autrefois, maugréa-t-il. Comment pouvais-je savoir?

– Je peux avoir mon placard maintenant?

– Oui, il est dans le grenier. J'ai empilé plein de choses dessus.

Omri et Patrick empruntèrent quatre à quatre l'escalier qui montait au grenier. Ils trouvèrent le placard assez rapidement sous un tas de pièces détachées. Omri l'avait redescendu dans sa chambre quand il fit une terrible découverte.

– La clé!

La petite clé tordue avec son ruban rouge en satin avait disparu. Encore une fois, Omri courut dans la chambre d'Adiel, qui remettait de l'ordre, non sans se plaindre.

– Qu'est-il arrivé à la clé?

– Quelle clé?

– Il y avait une clé dans la serrure du placard, avec un ruban rouge.

– Je n'ai rien remarqué.

Ils sortirent et fermèrent la porte. Omri était désespéré.

– Il faut la trouver. Ça ne marche pas sans clé.

Ils cherchèrent dans le grenier jusqu'au dîner. Jamais Omri n'avait compris à ce point pourquoi sa mère insistait tant pour qu'ils rangent et remettent tout à sa place. Le grenier était une sorte de capharnaüm où ils pouvaient jouer et laisser tout en désordre, ce qu'ils ne manquaient pas de faire, en rangeant simplement certains endroits en vue d'une nouvelle construction ou d'un jeu spécial. Ranger consistait à pousser les choses en des tas qui devenaient de plus en plus chaotiques.

Sous les tas, on pouvait trouver une myriade de petits objets dépareillés, billes, roues de petites voitures, Leggo, outils, parachutistes, cartes, sans compter toutes sortes de choses difficiles à identifier – suffisamment petites pour s'infiltrer entre les objets plus grands.

Ils se mirent à fureter partout. Mais ils réalisèrent bientôt qu'il fallait qu'ils vident tout de façon systématique. Sinon cela revenait, comme dit le dicton, à chercher une aiguille dans une botte de foin.

Ils trouvèrent quelques cartons et commencèrent à les vider. Les Lego ici, les fragments de jeux là, les pistolets à eau d'un côté, les farces et attrapes d'un autre. Ils entassèrent avec ordre les objets plus grands sur ce que leur père appelait avec sarcasme « l'étagère hypothétique », qui normalement était vide.

Il ne leur fallut vraiment pas longtemps pour que le sol soit dégagé, à l'exception de quelques objets étranges, pour lesquels ils n'avaient pas trouvé de place, et d'une bonne quantité de boue, de poussière et de sable.

– D'où ça vient, tout ça ? demanda Patrick.
– C'est Gillon qui en a rapporté des caisses entières du jardin pour jouer une scène dans le désert, dit Omri, il y a des mois de cela. On devrait peut-être tout ramasser.

Il jeta un coup d'œil autour de lui. Malgré l'anxiété que lui procurait la perte de la clé, il ressentait une certaine fierté. Le grenier avait un aspect nettement différent, il y avait de la place pour jouer maintenant. Il descendit et attrapa un balai, une pelle et une brosse.

— Il faudra faire attention, dit-il, ce serait terrible si on renversait le sable.

— On pourrait le passer au tamis, suggéra Patrick.

— C'est une bonne idée ! Dans le jardin...

Ils portèrent les cartons de sable dehors et Omri emprunta le grand tamis de son père. Omri le souleva et Patrick versa le sable à l'aide d'une pelle. Plusieurs petits trésors en surgirent, dont une pièce de un franc. Mais pas de clé. Omri était désespéré. Lui et Patrick s'assirent sur la pelouse sous un arbre et Omri sortit les deux petits hommes de sa poche.

— Où femme ? demanda Petit Taureau instantanément.

— Peu importe la femme, où qu'est la nourriture ? demanda Jo qui, comme toujours, était en colère.

Omri et Patrick leur donnèrent un petit morceau du bonbon et, l'air vraiment désemparé, Omri sortit l'Indienne de sa poche. Petit Taureau arrêta de mâcher les miettes de chocolat quand il l'aperçut, et tomba en extase. C'était évident qu'il était déjà à moitié amoureux d'elle. Il tendit sa main, et tendrement effleura les cheveux en plastique.

— Faire réel, tout de suite, dit-il en laissant échapper un soupir.

– Je ne peux pas, dit Omri.

– Pourquoi peux pas ? demanda Petit Taureau avec véhémence.

– La magie est partie.

Jo s'était aussi arrêté de manger, et lui et Petit Taureau échangèrent des regards inquiets.

– Ça veut dire que tu peux pas nous renvoyer ? chuchota Jo, craintif. A jamais, on devra vivre dans un monde de géants. Pour toujours ?

Petit Taureau avait dû lui expliquer ce qu'il en était.

– Tu n'aimes pas notre compagnie, demanda Patrick ?

– Eh ! J'voudrais pas t'choquer, dit Jo, mais tu peux m'dire comment tu t'sentirais si j'étais aussi grand que toi tu l'es pour moi ?

– Petit Taureau, demanda Omri.

Petit Taureau détourna son regard de la figurine en plastique, regarda fixement Omri ; ses yeux ressemblaient à des billes de verre noir et brillant.

– Omri, bon ! dit-il enfin. Mais Petit Taureau brave Indien. Chef Indien. Comment être brave, sans autres Indiens ?

Omri ouvrit la bouche. S'il n'avait pas perdu la clé, il aurait, téméraire, proposé de donner la vie à toute une tribu d'Indiens uniquement pour rendre Petit Taureau heureux. Soudain il lui vint à l'esprit ce que cela signifiait.

A présent, ce qui importait, c'était que Petit Taureau soit heureux. Et pour cela, il était prêt à tout, ou presque.

Ils étaient tous assis sur la pelouse. Ils n'avaient, semble-t-il, plus rien à se dire. Un mouvement près de la maison attira l'attention d'Omri. C'était sa mère qui sortait pour étendre des vêtements. Elle avait l'air fatiguée et lasse. Elle se tint quelques instants accoudée au balcon, en regardant le ciel. Ensuite, elle soupira, et commença à accrocher le linge.

Soudain Omri se leva et se dirigea vers elle.

– Tu... Tu n'as rien trouvé qui m'appartienne ? demanda-t-il.

– Non, je ne crois pas. Tu as perdu quelque chose ?

Mais Omri avait trop honte pour avouer qu'il avait perdu la clé car elle la lui avait confiée en lui disant d'en prendre soin.

– Oh! rien d'important, dit-il.

Il rejoignit Patrick qui montrait aux deux hommes une fourmi. Jo essayait de caresser sa tête comme celle d'un chien, mais il était trop impressionnable.

– Bon! dit Omri, on va essayer de faire de notre mieux. On devrait sortir les chevaux.

Cette idée ravit tout le monde. Omri monta en courant dans sa chambre puis redescendit en portant prudemment les deux animaux dans une boîte vide. Ensuite, Patrick piétina un coin de la pelouse pour qu'ils puissent bien galoper. Un assez gros insecte fit son apparition et Petit Taureau le tua avec une flèche. Cela le réconforta juste un peu.

Tandis que les poneys broutaient l'herbe fraîche, il laissait échapper des soupirs languissants et Omri comprit qu'il pensait à « sa » femme.

– Peut-être qu'il vaudrait mieux que tu ne restes pas là cette nuit, dit Omri à Patrick.

– J'ai envie, dit Patrick, si cela ne t'ennuie pas.

Omri se sentait trop bouleversé pour y prêter attention. Pendant le dîner, il remarqua qu'Adiel essayait d'être aimable, mais il n'avait pas envie de lui adresser la parole. A la fin du repas, Adiel le prit à part :

– Qu'est-ce qui se passe maintenant ? Pourtant, j'essaie d'être gentil et en plus, tu as retrouvé ton vieux placard débile.

– Sans la clé, ça va pas.

– Je suis désolé, j'ai dû la faire tomber sur le chemin du grenier.

Sur le chemin du grenier, Omri n'y avait pas pensé.

– Tu m'aides à la retrouver ? demanda-t-il avec ardeur. Je t'en prie, c'est très important.

– D'accord.

Tous les quatre se mirent à chercher pendant une demi-heure. Mais en vain.

Omri et Patrick eurent ensuite la télévision pour eux seuls, car Gillon et Adiel devaient aller à l'école où une mission spéciale les attendait.

Ils sortirent Jo et Petit Taureau et leur expliquèrent la nouvelle magie et ils regardèrent ensemble.

Il y eut d'abord un film sur les animaux, ce qui pétrifia les deux petits hommes. Ensuite c'était un western. Omri pensa qu'ils feraient mieux d'éteindre, mais Jo, en particulier, fit un tel chambard qu'à la fin Omri céda.

– Bon, d'accord ! Mais dix minutes seulement.

Petit Taureau était assis en tailleur sur le genou d'Omri, tandis que Jo, qui avait gravi le dos de Patrick, préférait rester debout dans la poche de sa poitrine, appuyant ses coudes sur le haut de la poche, mâchant un bout de tabac. Patrick, qui avait entendu parler des mœurs des cow-boys, lui dit :

– Je t'interdis de cracher, il n'y a pas de crachoirs ici, tu sais.

– J'aimerais les entendre causer, tu veux? dit Jo.

Dix minutes ne s'étaient pas encore écoulées que déjà les Indiens subissaient les plus atroces supplices. C'était une séquence habituelle, où les chariots des pionniers avaient encerclé les Indiens qui poussaient d'horribles cris, pendant que des hommes innombrables tiraient avec des fusils qui se rechargeaient par le canon, en se protégeant derrière les roues des chariots. Omri pouvait sentir Petit Taureau se contracter. Après que les Peaux-Rouges furent tombés un à un, il se dressa soudain sur ses pieds.

– Pas bonnes images, cria-t-il.

– De quoi tu causes, l'Indien? hurla Jo d'un air méprisant à travers l'abîme qui le séparait de Petit Taureau. C'est comme ça que ça se passait. Ma mère et mon père ont participé à c'genre de bagarre. Mon père m'a dit qu'il avait abattu quinze à vingt de ces sales sauvages.

– Hommes blancs prendre terre! Utiliser eau! Tuer jeu!

– Et alors? Que le meilleur gagne! Et on a gagné, youpee! ajouta-t-il quand l'un des Indiens du film fut renversé avec son cheval.

Petit Taureau regardait l'écran lorsque cela arriva. Quand le son s'apaisa, il entendit un bruit bizarre, comme si quelqu'un défaillait. Promptement il regarda Jo, et son sang se glaça. Le cow-boy avait une flèche plantée dans la poitrine. Il parvint à se maintenir debout dans la poche de Patrick. Et ensuite, doucement, il s'affaissa. Omri s'était toujours étonné de la façon dont les filles et les femmes hurlaient dans les moments dramatiques ou horribles. A présent, il sentit le cri monter dans sa gorge. Il l'aurait laissé échapper si Petit Taureau ne l'avait pas précédé.

Patrick, qui n'avait rien remarqué jusqu'à présent, regarda Petit Taureau, suivit la trajectoire que son arc indiquait encore et baissa les yeux vers sa poche.

La tête de Jo pendait, comme désarticulée.
– Jo! Jo!
– Non, cria Omri, ne le touche pas!

Ignorant Petit Taureau qui alla culbuter par terre quand il bougea, Omri saisit très doucement Jo entre les doigts et le pouce, et l'étendit sur la paume de sa main. Le cow-boy gisait là, sur le dos, avec la flèche encore enfoncée dans la poitrine.

– Il est... mort? chuchota Patrick, horrifié.

– Je ne sais pas.

– Ne devrait-on pas sortir la flèche ?

– On ne peut pas. C'est Petit Taureau qui doit le faire.

Avec une infinie précaution et lenteur, Omri étendit sa main sur la moquette. Jo était parfaitement immobile. Avec un corps aussi minuscule, il était difficile de savoir si la flèche avait atteint le cœur ou la région des épaules. La flèche elle-même était tellement fine que seule la plume permettait de la repérer.

– Petit Taureau, viens ici.

La voix d'Omri était métallique. Une voix que même M. Martin aurait pu envier — elle ordonnait la soumission. Petit Taureau se redressa et marcha d'un pas mal assuré vers la main d'Omri.

– Grimpe ici et regarde si tu l'as tué.

Sans dire un mot, Petit Taureau grimpa sur le coin de la main d'Omri et s'agenouilla à côté de Jo, prostré. Il posa son oreille contre la poitrine, juste au-dessus de la flèche. Il écouta, puis se redressa, sans regarder les deux garçons.

– Pas tué, dit-il d'un air sombre.

Omri eut un soupir de soulagement.

– Enlève la flèche, fais attention. S'il meurt maintenant, tu seras doublement responsable.

Petit Taureau posa une main sur la poitrine de Jo, les doigts placés de chaque côté de la flèche, et de l'autre, il pressa l'endroit où la flèche avait pénétré.

– Sang sortir. Besoin de boucher trou.

La mère d'Omri conservait des boîtes de mouchoirs en papier dans chaque pièce, et on n'avait aucune excuse à rester assis en reniflant. Patrick bondit pour aller en chercher un, en déchira un bout minuscule et le roula en une bande pas plus grande qu'une punaise.

– Maintenant, les microbes de ta main s'y sont collés, dit Omri.

– Où est le désinfectant ?

– Dans le placard à pharmacie. Fais attention à ma mère, qu'elle ne te voie pas !

Quand Patrick fut parti, Omri resta assis, immobile et silencieux. Ses yeux fixaient Petit Taureau encore occupé à extraire la flèche.

Après une longue minute, l'Indien grommela quelque chose. Omri se pencha vers lui.

– Comment ?

– Petit Taureau désolé.

Omri se redressa, son cœur restait froid et insensible.

– Tu seras encore plus désolé, si tu ne le sauves pas.

Patrick arriva avec la bouteille de désinfectant. Il en versa une goutte dans le couvercle et y plongea la petite boule en papier. Ensuite, il approcha la capsule de Petit Taureau.

– Vas-y, ordonna Omri, extraie-la.

Petit Taureau s'arma de tout son courage, mais il se mit à trembler.

– Petit Taureau pas faire. Petit Taureau pas docteur. Chercher docteur. Lui savoir comment guérir blessure.

– Impossible, dit brièvement Omri. La magie est partie. Tu dois le faire. Fais-le tout de suite, Petit Taureau !

Petit Taureau ferma ses mains sur la flèche, doucement, et d'une main assurée il réussit à l'extraire.

Quand le sang jaillit sur la chemise de Jo, Petit Taureau appliqua vite le bout de mouchoir contre la blessure et stoppa l'hémorragie.

– Prends ton couteau et découpe sa chemise sale, dit Patrick sans hésiter une seconde.

Petit Taureau obéit. Jo gisait inerte. Il avait un teint gris cendré.

– Il faudrait un bandage, dit Patrick.

– Il n'y a rien ici, qui puisse faire l'affaire. On va devoir utiliser un petit bout de sparadrap.

Patrick retourna dans la salle de bains. Omri,

Petit Taureau et Jo se retrouvèrent de nouveau tous les trois. Petit Taureau s'agenouilla, les bras ballants, la tête basse. Ses épaules se soulevèrent puis retombèrent. Sanglotait-il de honte ou de peur ? Ou peut-être de douleur ?

Patrick revint avec une boîte de pansements et une paire de ciseaux à ongles. Il coupa un carré suffisamment grand pour couvrir toute la poitrine de Jo, et Petit Taureau l'appliqua avec beaucoup d'attention et même, pensa Omri, de tendresse.

– A présent, dit-il, tu enlèves ton manteau de chef et tu le couvres avec pour qu'il ait chaud.

Là aussi, Petit Taureau s'exécuta de bonne grâce.

– On va l'emmener en haut et le mettre au lit, dit Omri. Mon Dieu, si seulement on pouvait retrouver cette clé, on pourrait avoir le docteur.

En gravissant l'escalier, il raconta à Patrick qu'il avait donné la vie à un soldat de la Première Guerre mondiale pour soigner la blessure de Petit Taureau.

– Il faut absolument qu'on trouve cette clé, dit Patrick. Il le faut.

Petit Taureau, qui se tenait toujours aux côtés de Jo dans la main d'Omri, ne disait rien.

Dans la chambre d'Omri, Patrick fit un lit

pour le cow-boy avec un mouchoir froissé et un autre morceau du chandail de son ami. Omri glissa une carte à jouer sous le corps de Jo, qu'il transféra en faisant le moins de mouvements possible. Il fallait éviter à tout prix que la blessure ne se remette à saigner. Jo était toujours inconscient. Soudain, d'un mouvement brusque, Petit Taureau arracha sa parure de chef et la jeta sur le sol. Avant qu'Omri ait pu intervenir, il se mit à sauter dessus, et en deux secondes toutes les plumes de dinde étaient pliées et cassées. Il prit la fuite en courant aussi vite que possible sur les flocons de laine, trébucha plusieurs fois, mais reprit sa course en direction du bac à semences et de sa maison. Patrick fit un geste dans sa direction, mais Omri dit doucement :

– Laisse-le seul.

15
Aventure souterraine

Il fut décidé qu'Omri et Patrick se relaieraient toute la nuit pour veiller Jo. Cela risquait d'être difficile à cause de la lumière qui filtrait sous la porte, mais Omri dénicha les restes d'une vieille bougie qu'il avait faite lui-même.

– On pourrait la mettre derrière la caisse de la penderie, comme ça personne ne verra la lumière.

Ils enfilèrent leur pyjama. Patrick était censé dormir sur un lit de camp ; aussi l'installèrent-ils pour éviter d'éveiller l'attention. Quand la mère d'Omri entra pour leur souhaiter bonne nuit et les embrasser, ils étaient tous les deux au lit, faisant mine de lire. Qu'Omri lise dans la pénombre n'avait rien de surprenant. Comme d'habitude, sa mère demanda :

– Omri, pourquoi n'allumes-tu pas ta lampe de chevet ? Tu vas t'abîmer les yeux.

— Elle ne marche pas, répondit promptement Omri.

— Si, papa l'a réparée ce matin. Tu sais pourquoi elle ne marchait pas?

— Non, répondit Omri qui commençait à s'impatienter. (Pour une fois, il souhaita qu'elle partît.)

— C'est le rat de Gillon, cette sale bête, qui a fait un nid dans les lattes de bois. Il l'a garni avec l'enveloppe des fils électriques qu'il a dû ronger. C'est une chance qu'il ne se soit pas électrocuté.

Omri se dressa brutalement.

— Tu veux dire qu'il s'est échappé?

Sa mère lui fit un sourire de travers.

— Et toi, où étais-tu? Il est en liberté depuis hier soir. Tu n'as pas remarqué que Gillon le cherchait partout? Il a visiblement élu domicile sous ton lit.

— Sous mon lit?

Omri poussa un cri, sauta de son lit et se mit à genoux.

— Ça ne sert à rien de le chercher. Je veux dire, sous les lattes. Papa l'a entrevu aujourd'hui qui se promenait entre les lattes. Mais il n'a pas pu l'attraper. Il ne reste plus qu'à attendre. Il finira bien par sortir quand il aura faim.

Mais Omri n'écoutait plus. Un rat! Comme s'ils avaient besoin de cela en plus.

— Maman, il faut absolument qu'on l'attrape.
— Pourquoi, tu as peur de lui?
— Moi, peur de ce rat stupide? Bien sûr que non! Mais on doit l'attraper, dit Omri sur un ton désespéré. Il pourrait me passer sur le visage.

Il était fou de rage. Comment Gillon avait-il pu le laisser s'échapper? Son sang se glaça, ses petits hommes étaient en péril. Et pourquoi, parmi toutes les chambres de la maison, le rat avait-il choisi celle-là en particulier?

En furie, il tira le coin de la moquette et essaya de la remettre à sa place, mais sa mère l'arrêta.

— Omri, la moquette et les lattes ont été remises en place une fois pour toutes. J'ai tout rangé. Rat ou pas rat. Je ne vais pas recommencer ce soir. A présent, mets-toi au lit et dors.
— Mais...
— Au lit, j'ai dit, tout de suite!

Quand elle employait ce ton, il était inutile de discuter. Omri se mit au lit, se laissa embrasser et regarda la lumière s'éteindre. La porte se ferma. Dès que le bruit des pas de sa mère s'éloigna, il se releva et Patrick fit de même.

– Maintenant, il va vraiment falloir rester éveillé toute la nuit, on ne peut fermer les yeux une seconde, dit Omri.

Il fouilla dans sa vieille collection de boîtes d'allumettes, à la recherche d'une allumette que son père n'aurait pas décapitée. Il finit par en trouver une et alluma la bougie, puis sortit doucement le lit de Jo de sa cachette et le posa sur la table de nuit avec la bougie à côté. Ils s'assirent tous les deux à son chevet ; Jo avait l'air très malade. Le mouvement de sa poitrine sous le sparadrap était presque imperceptible ; elle bougeait comme la grande aiguille d'une montre, dont on ne pouvait percevoir la mobilité qu'en se concentrant beaucoup.

– On devrait monter le bac à semences, chuchota Patrick.

Au moment où Petit Taureau avait tiré sur Jo, Omri était dans une telle colère qu'il aurait pu le donner à manger au rat, mais à présent, il s'était un peu calmé. Il n'avait aucune envie qu'il lui arrivât quelque chose d'horrible et approuva la suggestion de Patrick.

Ils firent une place sur la table, où ils posèrent le bac à semences avec la maison iroquoise et le feu. Ici, il serait hors d'atteinte d'un rongeur à l'affût.

– Attention ! n'effraie pas les poneys !

Les poneys, qui étaient habitués à être transportés, relevèrent à peine le nez de leur tas d'herbe coupée. Il n'y avait aucun signe de vie dans la maison iroquoise.

Il s'ensuivit une attente interminable. Ils restèrent là, assis, leurs yeux rivés sur le visage inerte de Jo dans la lumière de la bougie vacillante. Omri eut une hallucination. La flamme devint floue et le corps de Jo vibrait quand il le regardait fixement. Devenu soudain superstitieux, il s'imagina qu'il suffisait qu'il laisse vaquer son esprit, pour que Jo s'en aille dans la mort. Comme si seule leur volonté maintenait en vie ce petit cœur.

Soudain, il eut une idée, comme un paysage qui surgit à l'horizon. Il s'assit, les yeux grands ouverts, retenant sa respiration.

– Patrick !

Patrick, qui s'était assoupi, sursauta.

– Quoi ?

– La clé, je sais où elle est !

– Où ? Où ?

– Juste sous mes pieds, elle a dû tomber entre les lattes de bois, quand papa les a déplacées. C'est le seul endroit où elle peut être.

Patrick le regarda, ébloui, mais inquiet.

– Comment va-t-on l'attraper ? chuchota-t-il.
– Il faut d'abord ôter la moquette. Papa n'a peut-être pas cloué toutes les planches.

Avec d'infinies précautions, ils réussirent à soulever le lit d'Omri et à retourner le coin de moquette. Il fallut également déplacer la table de chevet, ce fut un peu plus délicat, mais à deux, ils y arrivèrent.

Ils roulèrent doucement la moquette. Omri enfonça ses doigts dans l'espace au bout des lattes, mais une latte seulement vint à lui. Les autres étaient clouées aux poutres du dessous. Tout en faisant le moins de bruit possible – il n'avait pas encore entendu ses parents aller se coucher –, Omri la souleva. Un trou qui avait à peu près la taille d'un pied apparut dans la lumière de la bougie que tenait Patrick. Mais, même en abaissant la bougie, ils ne pouvaient rien voir.

– Il faut qu'on allume la lampe de chevet, même si c'est risqué, dit Omri.

Ils l'allumèrent et la portèrent jusqu'au trou. A genoux par terre, ils sondèrent les profondeurs. Sous les centimètres d'enduit poussiéreux, ils aperçurent le dessus du plafond de la pièce d'en dessous ; c'était la pièce où se trouvaient maintenant ses parents.

– Il faut qu'on soit silencieux comme des morts, sinon, ils risquent de nous entendre.

– Pour quoi faire ? demanda Patrick. Elle n'est pas là, tu la verrais, sinon.

– Elle doit être sous l'une des lattes qui ont été clouées, dit Omri au bord du désespoir.

A ce moment, ils entendirent Petit Taureau les appeler. Il se tenait debout devant la maison, en culotte. Ses cheveux pendaient librement, son visage, sa poitrine et ses bras étaient couverts de cendre, ses pieds étaient nus.

– Petit Taureau ! Qu'est-ce que tu fais ? demanda Omri stupéfait par son apparence.

– Vouloir feu. Vouloir faire danse. Appeler esprits. Faire vivre Jo.

Omri le regarda et sentit sa gorge se serrer, ce qui lui rappela l'époque où il était un bébé qui criait tout le temps, une époque qu'il pensait pourtant loin derrière lui.

– Tes danses n'y feront rien. Les esprits non plus. C'est un docteur qu'il nous faut. Et pour ça, il faut la clé. Tu voudrais bien nous aider à la chercher ?

– Moi aider, répondit Petit Taureau sans même songer à protester.

Omri le prit gentiment, il s'agenouilla par terre et posa sa main dans le trou. Patrick tenait la lampe. Omri ouvrit sa main et Petit Taureau sauta dedans, il regarda partout dans le tunnel sombre et sale, et se glissa sous le plancher

— Je pense qu'elle doit être là, quelque part, dit doucement Omri, de l'autre côté de ce mur en bois. Il faut trouver un passage : je te ferai le maximum de lumière, mais il est possible que ce soit affreusement sombre de l'autre côté. Tu penses que tu peux y arriver ?

— Moi aller, répondit immédiatement Petit Taureau.

Dans les ténèbres des profondeurs, Petit Taureau, cette silhouette minuscule et vulnérable, commença à se frayer un passage à travers la poussière. Omri enleva l'abat-jour de la lampe de chevet et poussa l'ampoule dans le trou. Il ne pouvait glisser la tête pour voir, et pour la première fois, Petit Taureau laissa échapper un soupir.

— Y a-t-il un passage ? chuchota Omri en direction du tunnel.

— Oui, cria la voix de Petit Taureau. Gros trou, j'y vais. Omri donner lumière.

Omri abaissa la lampe aussi loin qu'il put, mais le pied de la lampe bloquait.

— Tu peux voir quelque chose ? dit-il aussi fort que possible.

Pas de réponse. Lui et Patrick attendirent longtemps. Aucun bruit n'était perceptible.

– A-t-il emporté son arc et ses flèches ? demanda soudain Patrick.

– Non, pourquoi ?

– Que... que va-t-il se passer s'il tombe nez à nez avec le rat ?

Omri avait complètement oublié le rat, excité comme il était à l'idée de savoir où était la clé. Il blêmit et se sentit défaillir comme si son cœur avait le hoquet.

Il pencha sa tête de façon à être face au trou. Il pouvait sentir la poussière. L'ampoule éclairait l'endroit où Petit Taureau s'était probablement glissé, un trou dans la solive. Un trou ! Qui aurait donc pu faire un trou dans la solive, sinon un rat qui aurait rongé toute la journée ? Un rat qui rôdait toute la nuit en quête de proie, un rat affamé qui n'avait pas mangé depuis vingt-quatre heures, un rat géant, omnivore, aux dents acérées et aux yeux rouges.

– Petit Taureau ! appela Omri dans le vide. Reviens ! Reviens !

Il régnait un silence de mort. Puis il entendit quelque chose. Mais ce n'était pas la voix de Petit Taureau. C'était le bruit des pieds durs et imberbes du rongeur, qui détalaient sur l'enduit.

– Petit Taureau.

– Omri! (La voix venait de la pièce d'en dessous.) Qu'est-ce que tu fais?

C'était sa mère. Ensuite, Omri entendit assez distinctement la voix de son père.

– J'entends ce foutu rat qui trottine au-dessus.

– Je ferais mieux de monter, dit sa mère.

Il entendit une porte se fermer et sa mère qui gravissait l'escalier. Mais même cette terrible perspective ne put aggraver le désespoir d'Omri. Il n'aurait probablement pas bougé de sa place si Patrick n'avait pas réagi rapidement.

– Vite, éteins la lumière, et va dans ton lit.

Il secoua Omri, arracha la lampe de ses mains et l'éteignit. La bougie se trouvait encore dans le trou en bas. Patrick remit grossièrement les lattes de bois en place et tira la moquette de façon à ce qu'elle recouvre plus ou moins les lattes. Ensuite il poussa Omri dans son lit, le borda. Les pas approchaient et il eut juste le temps de sauter dans le lit de camp, quand la porte s'ouvrit. Omri, allongé, les yeux fermés, implora sa mère.

– N'allume pas la lumière, n'allume pas la lumière!

La lumière du palier éclairait la chambre,

mais pas suffisamment pour qu'on puisse distinguer quelque chose. Sa mère se tint là une éternité.

Elle finit par murmurer :

– Vous dormez ?

Il n'y eut aucune réponse.

– Omri ? essaya-t-elle encore.

Ensuite, après plus d'un siècle d'attente, où Omri eut tout le temps de s'imaginer Petit Taureau à moitié dévoré par le rat, juste en dessous de son lit, la porte se referma, les laissant dans l'obscurité.

– Attends ! Attends, souffla Patrick.

C'était un supplice d'attendre. Le rat avait cessé de bouger dès les premiers bruits de pas. C'était toujours ça de gagné. Mais maintenant le silence était revenu, et Omri imagina le rat rampant vers sa proie, avec son nez tressaillant, ses moustaches d'albinos tremblant de faim... Comment, mais comment avait-il pu laisser descendre Petit Taureau ? Si Jo venait à mourir, il n'en serait pas responsable, mais si Petit Taureau était tué, Omri ne se le pardonnerait jamais.

Un long moment s'écoula avant que la porte se ferme et que les deux garçons sautent de leur lit. Patrick atteignit le premier la lampe. Omri l'empoigna, mais Patrick insista pour regarder le premier si Jo était encore en vie. Il l'était. Ils déroulèrent la moquette et soulevèrent les lattes, terrifiés à l'idée que le moindre mouvement risquait d'éveiller les adultes en bas. La bougie se consumait dans les ténèbres, comme une petite torche dans une mine à l'abandon, éclairant de ses flammes mystérieuses l'intérieur du tunnel.

Omri s'allongea bien à plat, il ne haussa pas la voix et appela doucement :

– Petit Taureau ! Tu es là ? Reviens ! Tu es en danger.

Silence.

Mon Dieu ! Pourquoi ne vient-il pas ? Omri chuchota comme un fou. Juste à ce moment, ils entendirent quelque chose. C'était difficile d'identifier le bruit. Bien sûr, c'était le rat, mais que faisait-il donc ? Ce n'étaient pas des bruits de course, juste une sorte de petit choc, comme si quelqu'un faisait un mouvement rapide et brusque — une griffe ? Le cœur d'Omri battait la chamade. Il y eut bientôt d'autres bruits, qu'il n'aurait pas entendus s'il ne s'était pas habitué à tendre l'oreille pour percevoir les voix des petits hommes.

C'était le son à peine audible d'une ascension difficile, celui d'un petit corps essayant de sortir du trou en poussant des cris d'orfraie. Omri enleva la lampe et glissa son bras, la main ouverte. Presque aussitôt, il sentit Petit Taureau courir sur sa paume. Omri ferma ses doigts et juste à ce moment-là, il sentit quelque chose de chaud et de velu lui effleurer le dos. Il retira son bras, s'écorchant les articulations contre le bois.

Il y avait quelque chose d'autre dans ses mains, quelque chose de froid et couvert de bosses, deux fois plus lourd que Petit Taureau. Il ouvrit ses doigts, et les deux garçons se penchèrent pour regarder.

Petit Taureau était là, assis sur la paume d'Omri, poussiéreux et dépenaillé, mais triomphant. Il tenait, couchée dans ses bras et couverte de toiles d'araignées, la clé avec son ruban de satin rouge.

– T'as réussi! Petit Taureau, t'es un bon! Maintenant, Patrick, vite, enlève la bougie et remets tout en place. Je vais chercher le soldat de la Croix-Rouge.

Sans se soucier du danger, ils allumèrent la lumière du plafond. Patrick, en essayant de faire le moins de bruit possible, remettait le tout en place, tandis qu'Omri fouillait dans la boîte à biscuits où les figurines étaient entassées pêlemêle. Par chance, la figurine du sauveteur de l'armée était juste sur le dessus, avec, à la main, sa précieuse trousse médicale.

Entre-temps, Petit Taureau s'était assis près du brancard où gisait Jo ; il le regardait, étreignant toujours la clé dans ses bras.

Omri la lui prit, enferma l'homme dans le placard et tourna la clé. Il compta jusqu'à dix sous le regard de Patrick qui, les yeux écarquillés, respirait à peine. Puis il ouvrit la porte. Leur vieil ami Tommy était là, la sacoche à ses pieds, il frottait ses yeux en fronçant les sourcils. Son visage s'épanouit quand il aperçut Omri.

– Ça va ? C'est encore vous. Je n'arrivais pas à dormir, des *minies* tournoyaient.

– C'est quoi un *minie* ? demanda Patrick avec une de voix de crapaud.

– Quoi, encore un comme lui ? s'exclama Tommy d'un air hébété. J'ai dû manger trop de fromage au dîner ! Ils ne devraient pas nous donner autant de fromage avant une attaque, c'est très lourd, surtout quand on a déjà un nœud dans l'estomac parce qu'on est trop nerveux. Un *minie* ? C'est comme ça qu'on appelle les obus de *Minenwerfer** ; ça fait un vacarme épouvantable ; avant même qu'ils atterrissent, on entend une sorte de murmure qui va en

* En allemand : « mortier de tranchée » (NDT).

s'amplifiant et ensuite BOOM ! Mon boulot, c'est de courir aussi vite que possible à l'abri – parfois c'est dans une tranchée – pour m'occuper des blessés.

– Nous aussi on a un blessé dont on voudrait que tu t'occupes, dit vite Omri.

– C'est vrai ? C'est encore le Peau-Rouge ?

– Non, c'est un autre. Tu peux grimper sur ma main ?

Omri le souleva jusqu'à l'endroit où Jo était étendu.

Tommy s'agenouilla et commença à l'examiner comme un vrai professionnel.

– C'est mal parti, son état est critique, dit-il, quelques instants plus tard. Il faudrait lui faire une transfusion sanguine. Je vais enlever ce sparadrap pour examiner sa blessure, dit-il en le découpant à l'aide d'une minuscule paire de ciseaux.

Les observateurs anxieux virent que le bout du mouchoir était à présent rouge de sang, mais Tommy dit :

– Ça s'est arrêté de saigner, c'est une bonne chose. C'était quoi, une balle ?

– Une flèche, dit Omri.

A ces mots, Petit Taureau eut un frisson.

– Oh ! oui, bien sûr ! Je vois maintenant.

Bon. Je ne suis pas spécialiste des blessures par flèche. La pointe n'est plus là, j'espère ?

– Non, elle a été enlevée.

– Elle aurait pu atteindre le cœur. Bon, je vais voir ce que je peux faire.

Il sortit une aiguille hypodermique de sa trousse de secours, la tripota nerveusement quelques instants et l'enfonça dans la poitrine de Jo. Après avoir recousu la blessure, il appliqua un pansement et réquisitionna Petit Taureau pour l'aider à enlever le reste de sparadrap maculé de sang.

– C'est un copain à toi, n'est-ce pas ? demanda-t-il à l'Indien.

Petit Taureau le regarda fixement mais n'osa pas démentir.

– Alors, regarde, quand il se réveillera, tu lui donneras ces pilules. C'est du fer, qui reconstitue. Celle-là aussi, c'est contre la douleur. Ce qu'il faut espérer, c'est que la plaie ne s'infectera pas.

– Il faut de la pénicilline, dit Patrick qui avait déjà eu une coupure qui s'était infectée

Tommy le regarda d'un air déconcerté.

– Pénicilline, c'est quoi ?

Omri donna un coup de coude à Patrick.

– Ils ne l'avaient pas encore inventée à son époque, murmura-t-il.

– Tout ce que je peux suggérer, c'est une goutte de liqueur, dit Tommy, et sortant une bouteille, il en versa un peu dans la bouche de Jo. Regarde, dit-il, allègre, il a de meilleures couleurs maintenant. Je ne serais pas surpris s'il ouvrait bientôt les yeux. Gardez-le au chaud, c'est le plus important. Maintenant il faut que j'y retourne, enfin, que je me réveille. Si ce sont des *minies* qui atterrissent, j'vais être demandé, et faut pas que je fasse d'erreur !

Omri le remit dans l'armoire.

– Tommy ! dit-il, que se serait-il passé, si un *minie* t'était tombé dessus ?

– Ça aurait pu. S'il était tombé, eh bien ! je n'aurais pas fait ce rêve ici, et je chanterais dans une chorale, au ciel. Bon, dépêche-toi et ferme la porte, je les entends déjà appeler « brancardier par ici ».

Omri lui sourit d'un air reconnaissant. L'idée de le renvoyer lui faisait horreur, mais, apparemment, c'était ce qu'il voulait.

– Au revoir, Tommy. Merci, et bonne chance, dit-il, avant de fermer la porte.

A l'autre extrémité de la table, Petit Taureau appela tout à coup.

– Omri, viens ! Jo ouvrir les yeux ! Jo réveiller.

Omri et Patrick se retournèrent. Pas de doute, c'était Jo qui regardait Petit Taureau.

– Qu'est-ce qui s'est passé ? dit-il d'une petite voix tremblante.

Personne n'eut envie de le lui dire, mais Petit Taureau finit par avouer.

– Moi, tirer, dit-il.

– De quoi tu parles, t'es pas un peu fou, l'Indien ? J'ai demandé qu'est-ce qui s'passait dans l'image ? Est-ce que les colons ont battu les Peaux-Rouges ? Ou est-ce que les Peaux-Rouges ont enlevé les femmes et ont scalpé les hommes ? Ah, ces sales sauvages !

Petit Taureau ravala sa salive. Sa tête, qu'il tenait baissée de honte, se redressa vivement, et Omri, horrifié, vit sa main se diriger vers sa ceinture Heureusement, son couteau n'était pas là. Mais il bondit sur ses pieds :

– Jo se taire ! Pas dire vilains mots, pas insulter braves Indiens, ou sinon Petit Taureau tirer encore. Cette fois, tuer pour de bon, prendre scalp, pendre à poteau. Le scalp de Jo trop sale pour pendre à ceinture de chef indien.

Il arracha son manteau de chef qui était étendu sur le corps de Jo et en enveloppa fièrement ses épaules. Omri était choqué. Mais Patrick riait tellement fort qu'il se retint.

Ayant réussi à reprendre ses esprits, Patrick parvint à envelopper Jo d'un bout de couverture pour qu'il ait chaud. Omri s'empara de Petit Taureau entre son pouce et ses doigts.

— Alors, tu es de nouveau un chef? siffla-t-il, furieux. Les chefs sont supposés garder leur sang-froid, tu sais.

Il ramassa la parure endommagée et la remit de travers sur les cheveux noirs de Petit Taureau.

— A présent, chef, regarde-toi bien!

Et il plaça Petit Taureau devant un miroir. Petit Taureau jeta un coup d'œil rapide et cacha son visage avec ses mains.

— Rappelle-toi ce que tu as fait à ton ami!

— Pas ami, ennemi, murmura Petit Taureau.

Mais la colère l'avait quitté.

— Peu importe ce qu'il est pour toi, il faut que tu fasses ton travail. Où sont ces pilules? Il faut que tu t'assures qu'il les prenne. Et quand Jo ira mieux, tu sais ce que tu vas faire. Tu en feras un ami de sang.

Petit Taureau lui lança un regard craintif. « Un frère de sang? »

— Je suis au courant, expliqua Omri. Vous allez vous cisailler un peu les poignets que vous joindrez ensemble de façon que le sang se mélange. Après, vous ne serez plus jamais ennemis. C'est une vieille tradition indienne.

Petit Taureau le regarda, interloqué.

— Pas coutume indienne.

— Je suis sûr que si. C'était dans un film que j'ai vu ça.

— Idée homme blanc. Pas Indien.

— Eh bien ! tu seras le premier Indien à le faire. Et tu pourras fumer le calumet de la paix.

— Pas Iroquois. Autres tribus.

— Tu ne pourrais donc pas... juste pour cette fois-ci ?

Petit Taureau garda le silence quelques instants. Il réfléchissait. Omri reconnut le regard impétueux qu'avait souvent l'Indien.

— Bon ! dit ce dernier. Petit Taureau donne médicaments à Jo, faire de lui mon frère, quand lui être fort. Et Omri mettre place-tique dans boîte, faire vraie femme pour Petit Taureau.

— Pas ce soir, dit Omri avec fermeté. On a eu assez d'émotions. Ce soir, tu vas veiller Jo, lui donner ses médicaments quand il en aura besoin, de l'eau à boire, et tout le reste. Demain, si tout va bien, je donnerai la vie à ta femme, c'est promis.

16
Les frères

Omri avait clairement exprimé son intention d'aller se coucher – ce que fit Patrick presque aussitôt – mais il ne put s'endormir, malgré la fatigue qu'il ressentait. Il était couché dans la lumière de la bougie, sa tête tournée en direction de la salle où gisait Jo. Petit Taureau était assis à ses côtés, en tailleur, la tête haute et attentif.

Omri ferma les yeux, il ne faisait que sommeiller; à chaque fois qu'il les rouvrait, il apercevait le regard de Petit Taureau, imperturbable. C'était aussi le rat qui l'empêchait de dormir. Il trottinait sur le sol depuis des heures et rendait Omri nerveux, mais il ne s'approcha pas des petits hommes. Non, ce n'était pas là le problème. Autre chose le tracassait. Qu'allait-il faire? Il allait donner la vie à la femme de Petit Taureau, comme il l'avait promis. Mais, ensuite, qu'allait-il se passer?

C'était assez dur d'avoir un petit être humain à nourrir et à protéger. Cela devint beaucoup plus difficile avec l'arrivée de Jo. Mais avec la femme, ils seraient trois. Aussi jeune qu'il était, Omri savait qu'une femme et deux hommes, cela allait occasionner des problèmes.

Omri aimait Petit Taureau avec ses humeurs imprévisibles, ses exigences et parfois ses cruautés. Il voulait le garder. Mais il savait maintenant que c'était impossible: Quelle que soit la fin qu'il envisageait, ce serait désastreux. Il devait faire de nouveau usage de la magie, quel que soit le procédé qui l'avait amené à vivre cette étrange aventure, pour renvoyer les petites personnes à leur place et à leur époque.

Après avoir pris cette décision, non sans tristesse et réticence, il se sentit plus léger et se laissa happer par le sommeil. Quand il rouvrit les yeux, l'aube pointait, la chorale matinale des oiseaux venait de commencer. La bougie s'était consumée. Le rat était allé dormir. Quant à Petit Taureau, appuyé sur son arc, il dodelinait de la tête...

Omri regarda de près Jo.

La couverture sur sa blessure se soulevait régulièrement, sa peau avait perdu son aspect grisâtre. Il avait meilleure mine... Bien sûr, Petit

Taureau n'aurait pas dû s'endormir, mais là encore, il avait fait de son mieux. Omri se glissa hors de son lit. Sa veste pendait à un crochet sur la porte. Il sortit de sa poche le sac en papier qui contenait la femme. A pas de loup, il se dirigea vers le placard, en sortit le soldat en plastique, qu'il remplaça par l'Indienne, et referma à clé.

Quelques heurts se firent entendre, et il ouvrit le placard, laissant la porte entrouverte, de façon qu'elle n'ait pas peur dans l'obscurité. Ensuite, il retourna se coucher, tira la couverture à lui, laissant juste une place pour ses yeux, et resta parfaitement immobile pour observer ce qui allait arriver.

D'abord, rien ne se produisit. Ensuite, doucement et subrepticement, la porte fut poussée un peu plus. Furtivement, une magnifique Indienne en sortit. La chambre était à présent suffisamment éclairée pour qu'Omri perçoive le noir de ses cheveux, la couleur châtain de sa peau, le rouge lumineux de sa robe. Il ne pouvait voir son visage, mais il supposa qu'elle était éblouissante. Elle regarda autour d'elle, aperçut Jo allongé par terre et Petit Taureau qui sommeillait à ses côtés. Elle s'en approcha doucement. Elle s'attarda derrière Petit Taureau, ne sachant pas si elle devait ou non le toucher pour le réveiller. Elle décida de s'abstenir et, enjambant les pieds de Jo, vint s'asseoir en tailleur de l'autre côté, face à Petit Taureau. Elle l'observa longtemps. Tous les trois étaient tellement immobiles qu'on eût pu croire qu'ils avaient retrouvé leur matière plastique.

Le sifflement d'un merle fit sursauter Petit Taureau qui se redressa brutalement. Soudain, il l'aperçut. Tout son corps tressaillit. Omri sentit des frissons dans le bas du cou. Le regard qu'ils s'étaient lancé dura longtemps ! Ensuite, ensemble, avec une infinie lenteur, ils se redressèrent.

Petit Taureau lui adressa la parole dans une langue étrangère, il produisit des chuintements, sans bouger les lèvres. Elle répondit. Il sourit. L'un en face de l'autre, séparés par le corps de Jo, sans se toucher, ils se parlèrent ainsi pendant quelques minutes, à voix basse. Ensuite, il tendit sa main, et elle lui tendit la sienne. Ils restèrent la main dans la main, sans bouger. Puis leurs mains se séparèrent. Petit Taureau pointa son doigt en direction de Jo, et se remit à parler. La fille se rassit, toucha gentiment Jo d'une main experte. Elle releva les yeux vers Petit Taureau et opina. Ensuite, Petit Taureau jeta un coup d'œil autour de lui et aperçut Omri.

Omri posa son doigt sur ses lèvres et fit un signe de la tête, comme s'il disait : « Ne lui parle pas de moi. » Petit Taureau acquiesça. Il conduisit la fille vers le bac à semences. Ils gravirent la rampe et entrèrent dans la maison iroquoise. Quelques instants plus tard, Petit Taureau en ressortit, courut sur la table, et se tint au bord, aussi près que possible d'Omri.

– Tu l'aimes ?
– Femme solide pour chef.

Omri réalisa qu'il s'agissait, de la part de Petit Taureau, de remerciements.

– Maintenant, Omri écouter Petit Taureau. Femme dire, Jo, bon. Pas mourir. Petit Taureau content. Omri prendre Jo, mettre dans maison iroquoise. Femme prendre soin, donner petits médicaments. (Il souleva les boîtes de pilules.) Fêter mariage, Omri apporter nourriture.

– Comment peut-on fêter un mariage avec seulement deux Indiens ?

– Oui, pas bon. Omri faire plus d'Indiens. Venir à la fête, dit-il avec espoir.

Quand Omri fit un signe de la tête, le visage de Petit Taureau se ferma.

– Petit Taureau, ne préférerais-tu pas fêter ton mariage chez toi, avec ta propre tribu ?

Petit Taureau n'était pas idiot. Il comprit sur-le-champ et regarda Omri.

– Omri mettre dans boîte, et renvoyer, dit-il d'une petite voix.

Omri ne pouvait pas dire si l'idée lui plaisait ou non.

– En fait, qu'en penses-tu ? Ce ne serait pas mieux ?

D'un mouvement extrêmement lent, l'Indien opina :

– Et Jo ?
– Jo aussi.
– D'abord faire lui mon frère.
– Oui, je vous renvoie tous les deux.
– Quand ?
– Quand Jo sera un peu remis.

Maintenant qu'Omri avait pris sa décision, chaque minute qui s'écoulait était importante, parce que les jours étaient comptés.

Patrick était aussi triste que son ami mais ne protesta pas contre la décision.

– C'est la seule possibilité, vraiment, dit Omri.

Après cela, Patrick n'en reparla pas mais essaya d'être aussi souvent que possible chez Omri.

Bien sûr, il ne pouvait pas encore faire grand-chose avec Jo. Pourtant, un jour ou deux plus tard, Jo, assis dans la maison iroquoise, demanda à parler avec son cheval, qui avait été conduit devant la maison à cet effet, et réclama des tas de choses à manger et à boire.

– J'peux pas retrouver mes forces si j'reçois rien à manger.

Il feignit même de s'évanouir. Omri prit un petit verre de whisky dans le bar de ses parents et lui en versa deux bonnes gouttes dans la gorge avant que l'Indienne, qui s'appelait Étoile Double (en référence à ses yeux brillants, supposa Omri), réussît à lui faire admettre qu'il se portait parfaitement bien.

Après avoir bu, il semblait tellement mieux qu'Omri et Patrick décidèrent que cela ne lui ferait aucun mal (d'ailleurs, il y était habitué). Aussi, par la suite, Jo eut droit à une goutte de liqueur trois fois par jour. Ce qui lui réussit très bien.

– Il sera en pleine forme pour rentrer chez lui demain, dit Omri quatre jours plus tard, en voyant Jo conduire son cheval autour du bac à semences.

– Là-bas, ils le soigneront sans doute mieux que nous le faisons.

Il eut une idée et sortit de sa poche le dessin qu'avait fait Jo.

– Jo, c'est ta ville ?
– Pour sûr !

Omri le regarda de plus près avec la longue-vue. En haut de la ruelle, il aperçut l'enseigne d'un docteur.

– C'est un bon docteur ?

– C'est le meilleur de tout l'Ouest. Sort une balle du bras d'un homme, ou coupe le pied en cas de piqûre de serpent. J'l'ai vu faire revenir un pote à moi de la mort en lui mettant d'l'eau froide dans son nombril. Il opère jamais avant qu'un homme soit ivre mort, et il fait rien payer, quand c'est pas grave.

Omri et Patrick se regardèrent.

– Tu penses que tu serais en de bonnes mains avec ce... ce docteur ? demanda Patrick un peu inquiet.

– Bien sûr ! De toute façon, j'ai pas besoin d'un chirurgien maintenant, ma blessure va bien mieux. Tant qu'j'ai mon whisky, j'suis comme neuf.

Jo n'avait pas l'air rancunier à l'égard de Petit Taureau qui lui avait pourtant tiré dessus.

– C'est dans la nature des Indiens. Tant qu'ils n'approchent pas de mon cheval et d'ma bouteille !

La veille, avant qu'Omri eût pris sa décision, ils avaient accompli la cérémonie fraternelle.

– J'aimerais bien pouvoir proposer ça à nos

frères, avait dit ce jour-là Patrick à Omri. Imagine qu'on leur raconte ça un jour, ils ne nous croiront jamais.

— Les renvoyer, tu sais, ça ne veut pas dire que la magie ne marche plus. Je vais ranger la clé quelque part, de façon à ne pas être tenté, mais la magie sera toujours là.

Patrick le regardait, émerveillé.

— Je n'y avais jamais pensé. Aussi, rien ne pourra nous empêcher dans quelques mois, ou dans quelques années même, de faire revenir Jo et Petit Taureau. En visite.

— Je ne sais pas, dit Omri. Ils n'ont peut-être pas le même sens du temps. Ce serait horrible s'ils étaient vieux, ou... (mais il ne put ajouter : *morts*).

Petit Taureau et Jo vivaient à des époques tellement dangereuses. Omri frissonna et changea de sujet.

— Tout ce que je veux de mes frères, c'est qu'ils gardent ce rat dans sa cage.

Omri était parvenu à l'attraper après une longue attente, avec du fromage et un filet à poissons. Il avait menacé Gillon de lui faire subir les pires traitements s'il le laissait encore sortir.

Après l'école, les deux amis se rendirent chez Yapp et achetèrent des vivres pour célébrer le mariage : cacahuètes salées, chips, bonbons et chocolat. Chez le boucher, Omri acheta un quart de livre de viande hachée pour faire des *mini-hamburgers* (une cuillère à café de viande aurait suffi, mais le boucher n'avait pas l'air intéressé). La mère d'Omri leur donna du pain, des biscuits, des gâteaux et du Coca-Cola, et Omri vola même un peu de la liqueur sans laquelle Jo n'aurait pas considéré ce mariage comme une fête.

Omri avait été surpris de voir que Jo ne s'était pas opposé à l'idée de devenir le frère de sang d'un Peau-Rouge et qu'au contraire il s'était presque montré enthousiaste.

– J'vais être le seul à devenir frère de sang d'un chef indien, dit-il non sans fierté, tout en roulant sa manche pour que l'Indienne frotte son bras avec de l'eau et du savon.

Toutefois, quand il vit Petit Taureau affûter son couteau sur un caillou, il blêmit.

– Hé, ça va faire mal, grommela-t-il, mais Patrick lui demanda de faire preuve d'un peu plus de courage.

– C'est une farce pour se moquer de toi et rien d'autre.

– Facile de dire ça, rétorqua Jo. J'suis pas sûr que c'est une si belle idée !

Cependant il se ragaillardit à la vue du feu de camp qui crépitait et en sentant la viande qu'Étoile Double cuisinait sur une broche. Quand Omri lui présenta un bon petit verre, il se pavana et lui offrit son bras d'un geste intempestif.

– A la tienne, dit-il bien fort.

Petit Taureau accomplit d'abord un long rituel : il se lava, offrit des prières chantées aux esprits, et dansa autour du feu. Ensuite, de la pointe de son couteau, il s'entailla le poignet. Le sang jaillit. Jo jeta un coup d'œil et éclata en sanglots.

– J'veux pas, j'ai changé d'avis, pleurnicha-t-il, mais c'était trop tard.

Petit Taureau empoigna son bras et avant que Jo ait pu réaliser ce qui arrivait, le pacte était conclu.

Ensuite, les deux frères s'assirent sur le sol. Petit Taureau sortit une petite pipe et du tabac qui dégageait une odeur assez terrible. Chacun à leur tour, ils tirèrent une bouffée. Étoile Double leur servit la viande cuite et les autres mets du banquet. Patrick et Omri la félicitèrent et se mirent à manger à belles dents. Le feu continuait à se consumer avec de minuscules bouts d'allumettes et un peu de poussière qu'Omri avait ramassée dans la redoute dehors.

Des étincelles fusaient de toutes parts. En les regardant, tous les trois assis au coin du feu, Omri et Patrick perdirent le sens de leur taille réelle.

– J'ai l'impression d'être comme eux, murmura Patrick.

– Moi aussi, dit Omri.

– J'aimerais que nous ayons tous la même taille, il n'y aurait plus de problèmes.

– Pas de problèmes !? Tu plaisantes, avec ces deux Indiens qui ont atteint l'âge adulte et un cow-boy pleurnichard.

– Nous pourrions entrer dans leur monde, dormir dans la maison iroquoise, monter leur poney.

– Je ne mangerais pas ces *hamburgers*, moi, dit Omri.

Étoile Double était maintenant agenouillée au coin du feu, qu'elle attisait tout en chantant de sa voix douce. L'un des chevaux hennit. Jo avait, semble-t-il, succombé au sommeil, la tête appuyée contre l'épaule de Petit Taureau. Seul Petit Taureau avait conscience de la présence des deux garçons et, de sa main libre, fit signe à Omri.

Quand Omri se pencha vers lui, il dit :
– Maintenant.

– Maintenant ? Tu veux dire, retourner là-bas ?

– Bon moment. Tous contents. Pas attendre matin.

Omri regarda Patrick et acquiesça lentement.

– Femme retourner avec Petit Taureau. Petit Taureau la tenir, pas laisser partir. Et cheval ! Petit Taureau, Iroquois toujours avec cheval.

– Mais Jo va devoir partir séparément. Ne le ramène pas à ton époque, les gens le tueront, même si vous êtes frères de sang.

Petit Taureau regarda Jo, endormi à ses côtés, et leurs poignets liés ensemble. Il prit un couteau et coupa la lanière qui les unissait. Patrick souleva délicatement Jo.

– N'oublie pas son chapeau. Il ne nous pardonnerait jamais si on oubliait son chapeau.

Ils assirent Jo sur son cheval pour qu'il soit en sécurité. Les cow-boys dorment souvent en chevauchant les plaines. Omri laissa faire Petit Taureau, qui lui fit descendre la rampe, traverser la table et gravir une autre rampe qu'Omri avait posée sur le bord du placard.

Ensuite, Petit Taureau retourna au bac à semences. Avec précaution, ils éteignirent le feu en y versant de la terre. Petit Taureau regarda la maison iroquoise une dernière fois. Il fit grimper Étoile Double sur le dos au poney et se mit en route.

Ils se tenaient tous dans le fond du placard. Personne ne disait mot.

– Je vais réveiller Jo, tant pis, mais il faut absolument que je lui dise au revoir, dit Patrick.

En entendant son nom, Jo se réveilla de lui-même et, surpris, manqua de tomber de cheval ; heureusement, il se rattrapa au pommeau de la selle.

– Qu'est-ce que tu veux, gamin ? demanda-t-il à Patrick, dont le visage se tenait tout près.

– Tu rentres à la maison, Jo. Je veux te dire au revoir.

Jo le regarda et son visage se décomposa.

– J'peux pas dire au revoir, suffoqua-t-il, de grosses larmes perlaient le long de son visage.

Il sortit un énorme mouchoir crasseux de sa poche.

– J'refuse juste de le dire, c'est tout, sinon j'vais éclater en sanglots.

Omri et Patrick échangèrent un regard. Il fallait lui faire un bel adieu. C'est Petit Taureau qui eut l'idée.

– Omri donner main !

Omri avança sa main. Le poney tressaillit mais Petit Taureau le tint fermement. Il prit l'auriculaire d'Omri, sortit son couteau et l'enfonça dans la chair. Une goutte de sang perla. Ensuite, Petit Taureau, solennel, appuya son poignet droit et resta là quelques instants.

– Frère, dit-il à Omri en le dévisageant une dernière fois avec ses yeux sauvages.

Omri retira sa main.

Petit Taureau sauta sur le poney derrière Étoile Double, la tenant par la taille, de façon que lui, elle et le poney ne fassent qu'un tout qui ne pourrait jamais être divisé même lors d'un voyage souterrain, à travers une autre époque ou d'autres dimensions.

Petit Taureau fit le salut d'adieu indien.

Omri posa sa main sur la porte. Il n'osait pas la fermer. Il serra les dents. Jo et son cheval ne bronchaient pas, mais le poney de Petit Taureau piaffait et caracolait, puis releva la tête et hennit en signe de défi.

– Maintenant, cria Petit Taureau.

Omri retint sa respiration, ferma la porte et tourna la clé. Lui et Patrick restèrent là, tristes et ébahis.

Le groupe en plastique était là ; leur forme, leur silhouette semblaient aussi réelles que l'avaient été ces créatures, mais les détails étaient imprécis.

La matière plastique ne pouvait rendre de telles finesses comme celles de la peau et des muscles, des plis du tissu, de la brillance de la robe du poney, de la beauté de l'Indienne. Les figurines étaient là, mais les individus, les personnalités étaient parties.

Les yeux de Patrick rencontrèrent ceux d'Omri. Tous deux transpiraient.

– On pourrait les ramener ici aussi vite, dit Patrick d'une voix enrouée.

– Non.

– Non... je sais. Ils sont chez eux, maintenant.

Omri mit le groupe, l'Indien, la fille et le poney sur l'étagère près de son lit, à sa portée. Patrick glissa le cow-boy et son cheval dans sa poche et posa sa main dessus comme pour leur tenir chaud. Puis Omri prit la clé et quitta la pièce.

Sa mère était dans la cuisine, elle préparait quelque chose de chaud. Elle jeta un coup d'œil à Omri et ses mains l'arrêtèrent.

– Que s'est-il passé ? Quelque chose ne va pas ?

– Rien, maman ; je veux que tu gardes cette clé. Je l'ai perdue et j'ai eu la chance de la retrouver, mais tu m'as dit qu'elle avait beaucoup d'importance... c'est mieux si tu la gardes, s'il te plaît.

Elle faillit refuser, mais le regarda et changea d'avis.

— Je vais chercher une chaîne et la porter ainsi, dit-elle, comme j'ai toujours voulu le faire.

— Tu ne la perdras pas, c'est sûr ?

Elle fit non de la tête, elle fit un signe dans sa direction et lui maintint la tête contre elle. Il tremblait. Il se dégagea et courut à sa chambre, où Patrick se tenait toujours, le regard rivé sur le placard.

— Allons, viens. J'vais mettre toutes sortes de médicaments dedans, dit Omri avec force. Des bouteilles de médicaments et des trucs que maman a finis. On dira que ce sera le placard d'un docteur, et on pourra faire des mélanges.

Sa voix se fit plus faible. C'étaient des jeux idiots, comme ceux auxquels ils jouaient avant. Il n'y éprouvait plus aucun intérêt.

— Je préfère aller faire un tour, dit Patrick.

— Mais que vais-je faire du placard ? demanda Omri désespéré.

— Laisse-le vide, dit Patrick, on ne sait jamais.

Il ne continua pas. C'était suffisant de savoir que c'était encore possible.